李清照词选

古典文学大字本

陈祖美 评注

人民文学出版社

图书在版编目(CIP)数据

李清照词选/陈祖美评注.—北京:人民文学出版社,
2021(2023.12重印)
(古典文学大字本)
ISBN 978-7-02-017046-3

Ⅰ.①李… Ⅱ.①陈… Ⅲ.①宋词—选集
Ⅳ.①I222.844

中国版本图书馆CIP数据核字(2021)第039439号

责任编辑 李　俊
装帧设计 刘　远
责任印制 任　祎

出版发行　人民文学出版社
社　　址　北京市朝内大街166号
邮政编码　100705

印　刷　三河市宏盛印务有限公司
经　销　全国新华书店等

字　数　128千字
开　本　710毫米×1000毫米　1/16
印　张　14.75　插页2
印　数　8001—11000
版　次　2005年3月北京第1版
印　次　2023年12月第3次印刷

书　号　978-7-02-017046-3
定　价　35.00元

如有印装质量问题,请与本社图书销售中心调换。电话:010-65233595

目 录

前言 ·· 1

如梦令(尝记溪亭日暮)································· 1
如梦令(昨夜雨疏风骤)································· 5
浣溪沙(小院闲窗春色深)····························· 9
浣溪沙(淡荡春光寒食天)····························· 13
点绛唇(蹴罢秋千)······································· 16
渔家傲(雪里已知春信至)····························· 19
鹧鸪天(暗淡轻黄体性柔)····························· 23
减字木兰花(卖花担上)································ 25
一剪梅(红藕香残玉簟秋)····························· 27
醉花阴(薄雾浓云愁永昼)····························· 30
玉楼春(红酥肯放琼苞碎)····························· 33
行香子(草际鸣蛩)······································· 36
双调忆王孙(湖上风来波浩渺)······················ 40
小重山(春到长门春草青)····························· 43

满庭芳(小阁藏春)	46
多丽(小楼寒)	50
凤凰台上忆吹箫(香冷金猊)	54
念奴娇(萧条庭院)	58
点绛唇(寂寞深闺)	62
蝶恋花(暖雨晴风初破冻)	65
蝶恋花(泪湿罗衣脂粉满)	68
声声慢(寻寻觅觅)	72
蝶恋花(永夜恹恹欢意少)	80
临江仙并序(庭院深深深几许)	83
诉衷情(夜来沉醉卸妆迟)	87
鹧鸪天(寒日萧萧上琐窗)	91
菩萨蛮(归鸿声断残云碧)	93
菩萨蛮(风柔日薄春犹早)	95
南歌子(天上星河转)	97
忆秦娥(临高阁)	99
渔家傲(天接云涛连晓雾)	101
好事近(风定落花深)	105
摊破浣溪沙(病起萧萧两鬓华)	108
摊破浣溪沙(揉破黄金万点轻)	112
武陵春(风住尘香花已尽)	117
永遇乐(落日熔金)	122
孤雁儿并序(藤床纸帐朝眠起)	128
添字丑奴儿(窗前谁种芭蕉树)	133

清平乐（年年雪里） …………………………… 136

附录　诗文名篇选注

乌江 …………………………………………… 141

上枢密韩公诗二首 并序 ……………………… 144

题八咏楼 ……………………………………… 164

词论 …………………………………………… 167

《金石录》后序 ………………………………… 179

打马赋 ………………………………………… 200

前　言

关于李清照直接而可信的记载，只有寥寥数语："（李格非）女清照，诗文尤有称于时，嫁赵挺之之子明诚，自号易安居士。"（元脱脱等《宋史·李格非传》）这其中连她的原籍何在、生于何时等等最基础的生平资料，均属阙如。所幸，对其原籍，新时期以来渐成共识，即北宋齐州章丘绣江（今属山东济南）。而对其生年的考论和争辩，从胡适、陆冯（陆侃如、冯沅君）算起，将近一个世纪迄无定说。笔者在已经出版的关于李清照及其《漱玉集》的数种论著中，均信从黄盛璋之说，认定李清照生于宋神宗元丰七年（公元1084，王仲闻《李清照集校注》亦取此说）。但是，在六七年前，由赞同胡适等"公元1081年之说"的学者问难，形成了新一轮的争议。驳难者则赞同一向被忽视和冷落的浦江清和王璠的"公元1083年之说"。笔者认为，公元1083和1084，虽然只有一年之差，但并不是通常所理解的"虚"、"实"岁之别,而是推导依据迥然不同之故。所以,现在认定"公元1083年之说"亟可信从。这样,对李清照的生卒年重新厘定为公元1083—1155?年。

近些年,随着史学界和古典文学界对宋史和有关李清照研究的深入,以及地下文物的频繁发掘和有关珍藏文物的面世,对李清照的身世,特别是其父李格非的婚姻状况引起了更多的关注和辩证思考。比如有关李格非妻室的记载,由原先《宋史·李格非传》和庄绰《鸡肋编》两种,现在又将《王珪神道碑》和"王拱辰夫人薛氏墓志铭"等,从史学和文物考古方面引入李清照的研究之中。尽管对上述一系列资料的科学分析和进而全面准确地征引和借取尚未形成共识,但这些资料均堪称李清照研究中的"硬件"。

对于李清照的生母是何许人,迄今未发现直接记载,也就无任何"硬件"可言。有鉴于此,不妨从对有关"软件"的"发明"中加以弥补,从而作出相应的判断。

李清照往往给人一种"目中无人"、处处"拔份儿"之感,眼界、口气无不居高临下,比如她把官至礼部员外郎的父亲和两度居相位的翁舅,说成"赵、李族寒";实际上,就是在晚年,李清照本人也属于那种"瘦死的骆驼比马大"式的富贵之家,然而却自称"家世沦替，子姓寒微"云云，这一切仿佛说明她以一个朝廷资深政要之家作为"参照系"，也就是说，执政十六年之久的宋神宗元丰宰相王珪是她的外祖父的可能性极大。还有一条未被深究的现成材料，即李清照在《上枢密韩公诗》并序中，自称"有易安室者，父祖皆出韩公门下"，这也很有可能是暗指王珪是她的外祖父。"韩公"，是指高宗绍兴初年的高官韩肖胄的曾祖韩琦（他在宋仁宗、英宗、神宗三朝为相）和祖父韩忠彦。李序中所谓"父祖"，父，指李格非，宋徽宗建中靖国时韩忠彦为相，是时作为礼部员外郎的李格非，或受到韩相的赏识及荐拔，自然是其"门下"。"父祖"中的"祖"，以往仅被理解为李清照的祖父，其实至少应该包括她的外祖父（王珪）。因为在韩琦知扬州时，王珪任通判，而李清照的祖父（"族寒"），至今无人知其大名。但是，关于韩琦和王珪的亲密关系，却有一段佳话：韩所在的扬州官衙花园里，一年，有四朵芍药花格外鲜艳、硕大，此系十年难遇之事。韩琦把四朵花中的三朵分赠通判王珪、签判王安石等三人（事见《舆地纪胜·扬州》）。"通判"位略次于州府长官，且含共同处理政务之意，说王珪出于"韩公门下"，顺理成章。

关于李格非的妻室，在上述四"硬件"之外，还有一种不应被忽略的"软件"，即根据有关记载分析，李格非当卒于公元1112年或在此前后约一、二年，享年六十一。那么，在他熙宁九年（1076）中进士时，已经二十大几。李格非娶王珪长女时任郓州教授，是在其中举之后，约在公元1080年，抑或在此稍前或稍后，所以李格非在与王珪之女成亲时，已年近或年届"而立"。在我国古代，年近"而立"的男子尚未初婚的概率极小。因此，在娶王珪之女之前，李格非在原籍，当已初婚。那么，连同在他日后晋升为校对黄本书籍时（在绍圣元年之前、秦观卸此职之后）所娶王拱辰孙女在内，李格非前后可能有三房妻室。而作为长女李清照的生母只能是前二房中的一位。李格非既有在原籍娶妻的可能，也有生女的可能；任郓州教授时，又娶王珪之长女为妻，李清照也有出生于此时的可能；王珪长女早卒后，再娶王拱辰孙女为妻时，李清照约在十岁以上。而宋高宗建炎年间任敕局删定官的李迒，被李清照在《投内翰綦公崇礼启》中称为"弱弟"，即幼弟。那么李迒当是李格非第三房妻子（至少是第二房）所生的、李清照的异母小弟（王昊先生在《词学》第15辑上曾发表《李清照"继母说"补证》一文，支持笔者此说）。

对李清照生母的确认，目前虽然只有"软件"作依据，但是在"硬件""发明"之前，认定"以文学进身"的王珪，是文学天分出众的李清照的外祖父，这说不定在基因遗传方面具有一定的科学道理。这样一来，在李清照的生母"早卒"时，她有可能刚刚"落草"，最大也不会超过三四岁。此时李格非在郓州教授的任期将满或刚满。又据晁补之《鸡肋集·有竹堂记》，直到李清照七岁那年，其父才在汴京租赁房舍。李格非在由地方低级学官晋升为太学录时，其在汴京一无家室二无房舍的情况下，不大可能携带幼女进京。而可能性较大的是小清照暂时被留在原籍，由住在今天山东济南章丘明水的家人抚养。大约在她十五六岁时，才离开原籍来到汴京（今河南开封），"待字"择婿。

建中靖国元年（1101），李清照与二十一岁的太学生赵明诚（字德甫，又作德父）结为伉俪，一度生活很美满。未久，她的父亲李格非被列为"元祐奸党"，而她势必会受到株连，很可能一度被迫回到原籍。在她重返汴京不久，赵明诚之父崇宁宰相之一赵挺之被罢官病卒。李清照便随赵家屏居青州（今属山东），在这里生活了十多年。这期间，她与赵明诚在"归来堂"中猜书、斗茶，花前月下夫妇相从赋诗，共治金石之学，又撰《词论》之文。因祸得福，人称赵、李"夫妇擅朋友之胜"，所指主要是这段光景，其伉俪之谐，几胜新婚。所以此时在李清照的笔下一无悲苦之作。此后，赵明诚连任莱、淄（今均属山东）等地知州。正在作为金石学家的赵明诚事业鼎盛，又转官晋升之时，汴京告急，其母卒于江宁（今属南京），赵明诚遂奔母丧南下。不久"靖康之变"，北宋灭亡。李清照由淄州返青州，筛选整理"归来堂"的巨额文物。其中十五车轻便贵重者准备立即南运，另有十余间房屋所贮书册什物，准备明年再运往江宁。不料青州发生兵变，知州曾孝序父子遇害，上述十余屋收藏便化为灰烬。看来，是李清照押运十五车贵重文物，并将蔡襄所书《赵氏神妙帖》，藏之于身，水陆兼程，中途遇"盗贼""负之不释"，于建炎元年冬或翌年春抵达江宁，将书帖完璧归"赵"，赵明诚为之感动不已。在南渡江宁期间，李清照曾有雪天顶笠披蓑，循城远览寻诗之雅兴。由此可见，李清照命运的分野，主要不是"靖康之变"，因为在此后的一年多赵明诚膺任南宋军事重地江宁（后改为建康）知府，她作为江宁重镇最高军政长官的夫人，其心态之忧喜，在很大程度上取决于夫妻感情之亲疏。此时的赵明诚或有"章台"之游，加之"缒城宵遁"，失职被罢，使得李清照的处境和心情，不仅与青州后期、莱州前期一样，时有"婕妤之叹"，对一个极有思想的知识女性来说，丈夫的不争气，给她造成的心灵创伤更是难以名状的。

宋高宗建炎三年（1129）二月，赵明诚被罢江宁知府，李清照陪伴他辗转于今天的苏、皖、赣等地择居安家，刚到池阳（今安徽池州），他便奉旨知湖州（今属浙江）。在他前往行在应召时，李清照乘舟相送，直送到舍舟登岸的六月十三日。赵明诚由于冒暑骑马奔驰，途中感疾。当李清照得知他卧病的消息时,急忙乘船一日夜行三百里前去探望服侍。赵明诚于建炎三年八月病卒,李清照悲恸不已,葬毕,她便大病一场,仅存喘息。金兵加紧进逼,时局十分危急。当时还有从青州故居运出的书二万卷,金石刻二千卷,及其他长物。李清照便托旧日部属将上述文物押运到洪州(今江西南昌),投奔时任兵部侍郎的赵明诚的妹婿。不料,洪州失陷,李清照所托运的大批文物化为云烟。正在此时,又发生了所谓"玉壶颁金"之诬,即传言赵明诚生前以玉壶投献金人,贿赂通敌,被人秘密弹劾。这使得李清照非常惊慌,就想把家中所有的铜器等物进献朝廷。当时宋高宗被金兵追赶得四处逃窜。李清照赶到越州时,皇帝已转到四明。这些铜器等不敢留在家中,就与手抄本一起寄存在剡(与前后文的越州、四明、杭州、金华等地,今均属浙江),后来都落入官军李将军之手。然而,觊觎李清照手中文物者,远不止"李将军"一人。赵明诚病卒仅一个月,高宗御医、奸佞王继先,想以黄金三百两的贱价购买赵明诚家的古器物,幸被兵部尚书谢克家奏请止之。时局日益紧张,大陆几无赵构逃匿之处,不得不在浙东上船入海奏事。建炎四年初春,突如其来的狂风暴雨吓退了不习海战的金兵,宋高宗便由南逃泉州之想转而驻跸越州州治,李清照也随之来到了会稽(今绍兴)。

公元1131年，南宋改元绍兴，不久升越州为绍兴府，以年号为地名。朝廷如此看重"绍兴"二字，当取中兴发达之意。此时不仅朝廷大有转机，赵、李两家亦因缘而进。在此前后，高宗数次下诏褒录旧党忠贤，李清照的小弟在皇帝身边备受重视，是年由宣义郎再升一官。来到"千岩竞秀，万壑争流"的会稽，李清照此时的心情是赵明诚去世以来不曾有过的宽舒。不料邻人钟复皓涉嫌穴壁盗去卧榻之下的贵重文物五竹箱。失窃后，李清照痛不欲生，不久又病倒了。更加不择手段的是张汝舟，早在安徽池阳时，他就觊觎赵、李带来的大批贵重文物。在李清照于重病之中从绍兴来到杭州时，他看到有不少空隙可钻——李清照此时病情十分危重，她的小弟单纯不谙世情；眼下除了他池阳张汝舟，还有一位誉满朝野的姓名雷同者，自己大可鱼目混珠。他为了攫取李清照的文物，就在她身患重病，牛蚁不分，已准备了后事之时，巧舌如簧地欺骗了李清照的小弟，与处在昏迷状态的李清照缔结了婚约。婚后一时未能将残存的文物弄到手，他就对她拳脚相加。由于此人是靠谎报举数取得官职，李清照便就此告发了他，他受到了编管柳州的惩处，而她由于告发亲人又必须依法服刑二至三年。为此她求助于赵明诚的表兄弟、德高望重的綦崇礼，九天后得以出狱。事后，李清照以《投内翰綦公崇礼启》谢之。

绍兴三年（1133）六月，朝廷派尚书礼部侍郎韩肖胄等官员使金。临行，韩肖胄母子以社稷为重，言行慷慨，感人至深。李清照缘此事而作《上枢密韩公诗》古、律各一首，古诗中有"欲将血泪寄山河，去洒东山一抔土"之句，足见其一片忠荩爱国的赤子之心。在经历了再嫁、离异、系狱风波后，李清照已年逾五十，住在杭州，日子稍有安定，她就着手整理赵明诚的未竟之著《金石录》，并撰成《〈金石录〉后序》。此序墨迹未干，她就听到了金、齐合兵分道犯杭州的消息，便于绍兴四年十月逃往金华避难。乍到此地，李清照心情很好，对生活颇有兴致。约半年后的绍兴五年（1135）春夏间，她又写了一首十分伤感的《武陵春》词。从字面上看，此词抒发的仿佛是一种嫠纬之忧；从情理上说，赵明诚逝世已经六七年，最痛苦的时刻早已过去，再嫁离异的风波也已平息。自己老之将至，不再为单纯的儿女私情所左右。此时她之所以又陷入了极端悲苦之中，想必与当时朝廷正在追究的一件事情有关。大约在绍兴四年，有一大臣向高宗进谏道："王安石自任己见，尽变祖宗法度，上误神宗，天下之乱，实兆于此。"帝曰："极是。朕最爱元祐。"原来，赵构以为《哲宗实录》系奸臣所修，其中尽说王安石的好话，对废黜新党的高、向两位皇后不利，而高宗又认为："本朝母后皆贤，前朝莫及。"被皇帝认为"皆是奸党私意"的《哲宗实录》不能扩散出去。而赵挺之当年在参与编撰此录时所收藏的一部，如今恰由李清照保管。眼下《哲宗实录》被视为犯禁之书，窃窥、私藏都是违法的。（参见《续资治通鉴》卷一一四）命运就是这样无情地捉弄李清照，她像保护自己的头、目一样保护下来的书籍，又被朝廷下诏点了赵明诚的名，严令其家缴进此书。本来已趋愈合的有丧偶之痛的伤口，像是被撒上了一把盐，又加深了其难以摆脱的嫠纬之忧。这使她原先打算好的双溪泛舟，再也无心前往，便流着眼泪写下了《武陵春》及其说愁名句："物是人非事事休，欲语泪先流"、"只恐双溪舴艋舟，载不动许多愁"。大约于绍兴五年夏秋间，李清照便从金华返回杭州并定居于此。

早在建炎三年（1129）七月，将杭州升为临安府，当是赵构有意设下的一着苟安投降之棋，及至绍兴八年（1138），尽管在辞令上对临安仍称"行在"，而实际上已定都于此。抗战派人物如殿中侍御史常同等曾多次剀论定都临安之弊，更是不顾身家性命地激烈反对此一苟安之举。在一定的时代政治背景下，反对还是拥护定都临安，洵可作为抗战派和投降派的分水岭。李清照尽管毫无机会和资格参与朝廷旷日持久的定都之议，但是她深情怀念京洛旧事的《永遇乐·元宵》词，正是一种以"忧愁风雨"出之的、再真诚不过的家国之念。

从李清照的寿限考察，在她年届甚至年逾古稀时，仍有某种行迹线索可寻，而从现存作品来看，在她六十岁前后仿佛已经搁笔。可以断言的是，李清照的过早搁笔，绝不是因为"江郎才尽"，相反，在其晚年，不但"神明未衰落"，而且依然精神健旺，欲以其学传授后人。她的搁笔，如同其谢绝"香车宝马"达官贵人的召邀，甘愿躲到"帘儿底下听人笑语"，也就是用孤独和沉默来表示对现实的不满和抵触，亦可见其"涅而不缁"的品格！她最终是抱着如同宗泽大呼"过河者三"的复国心愿和倾听着"伤心枕上三更雨"的"北人"思乡情怀，约于七十三四岁时，在杭州离开人世⋯⋯

李清照的创作活动大约开始于十六七岁在汴京待嫁之时。其诗文多系缘大事而作，基本可以准确编年。她的词主要是曲折表达内心隐衷和儿女情长，原先只有一首寄情"姊妹"的《蝶恋花》标明确切的写作年月；本来《武陵春》也有明显的编年线索，但是由于人们对其中"双溪"所在地理解不同，系年也就不同。直到黄盛璋以其历史地理学的确切考证，指出胡适的"双溪在今绍兴"之误，从而论定双溪在今浙江金华，此词才被公认写于绍兴五年春夏间，其他都没有编年。在《漱玉词》的诸多辑本中，影响最大、最可信从的两种分别是唐圭璋《全宋词》中的李清照词和王仲闻《李清照集校注》。前者所收47首中只有《怨王孙》（帝里春晓）和《浣溪沙》（绣面芙蓉）二者之真伪可议；后者宁缺毋滥只收43首（14首存疑）。二者的共同点是都未对《漱玉词》进行编年和分期。

笔者谨记陆侃如老师的教诲，并将老师对"中古"文学系年的某些"诀窍"移植于对《漱玉词》的编年。与此同时，有学者建议我细读了发表在《中国科学》（七十年代）上竺可桢的关于历史物候方面的科学论文。在此文的许多精辟见解的启发下，我搜集了自然和社会科学有关编年的诸多资料，结合对《漱玉词》文本的反复解读和体悟，从九十年代中期开始，陆续将自己对《渔家傲·记梦》、《临江仙》、《诉衷情》、《清平乐》，特别是《声声慢》等词作的较有根据的编年公之于世。

编年（分期）、辨伪是深入研究作家作品几不可缺的两大前提，在这种前提下，笔者厘定出现存可靠和较可靠的李清照词47首，本书所选39首均为名作和主要篇目，在这方面是谨遵本丛书之要求，但在总字数上却难以与苏、辛等多产名家大致平衡。要弥补这方面的不足，与其多收一些等下之词作，倒不如把被作家词名所掩的诗文名篇提供给读者。这便是编撰本书附录之初衷，这方面想必能够得到本丛书编者和读者的支持和理解。

李清照一生著作甚丰，生前即有刊刻行世，其诗文集见于著录和记载的名称卷帙不一，如《郡斋读书志》卷四下和《世善堂藏书目录》均谓《李易安集》十二卷，而《宋史·艺文志》则谓《易安居士文集》七卷；

她的词在古代被称为《漱玉集》、《易安词》并有一、三、五、六卷不等。以上诗文及词集约在明末清初时散佚，现存李作均为辑本。

尽管李清照的诗文出手不凡，但她在文学史上的重要地位，主要是靠"压倒须眉"的《漱玉词》确立的。对她的词，人们历来倍加关注，品评多不胜数，这里仅举褒贬有所不同的二例：一是王灼《碧鸡漫志》卷二所云"（易安居士）作长短句，能曲折尽人意，轻巧尖新，姿态百出。闾巷荒淫之语，肆意落笔。自古缙绅之家能文妇女，未见如此无顾藉也"。二是李调元《雨村词话》卷三所云"易安在宋诸媛中，自卓然一家，不在秦七、黄九之下。词无一首不工，其炼处可夺梦窗之席，其丽处直参片玉之班。盖不徒俯视巾帼，直欲压倒须眉"。王灼对李词的贬抑，语意明白，无须诠释，而李调元之说意谓：李清照的词自成一家，不在秦观、黄庭坚之下，它的凝炼超出吴文英，它的清丽可与周邦彦的《片玉词》媲美。她不仅在女子中首屈一指，甚至能够超过堂堂的男子汉。对比以上二说，显然李调元持论中肯，更为可取，而王灼对李清照其人其词的看法含有某种封建卫道成分，观点极为偏颇。

李清照的诗只存十多首，文仅有六、七篇。在创作特色方面，诗文迥异于词而紧密联系社会现实和特定历史人物或事件，风格豪迈，语言犀利，锋芒毕露。李清照诗的影响虽然不及其词，但对《漱玉词》极尽攻击之能事的王灼，对她的诗却称赏不已："自少年便有诗名，才力华赡，逼近前辈。在士大夫中已不多得，若本朝妇人，当推文采第一。"(《碧鸡漫志》卷二)

关于李清照作品的思想艺术价值如何，人们通过本书对其有代表性的诗词文赋的具体解读，自有心裁，这里着重介绍的是她对前人的嗣响和对后人的沾溉。

以往多把李清照的文学才华归结为受其"善属文"母亲影响，现既已判断其母最晚在她一周岁左右去世，后天谈不上对她有多少影响，至多是文学基因的某种作用。这或许还可追溯到她的外祖父王珪。王珪自执政至宰相，历时十六年。他自幼奇警，出语惊人，以文学进身，"其文闳侈瑰丽，自成一家，朝廷大典策，多出其手，词林称之"(《宋史》卷三一二)。但更重要的是后天受其博学多才、正直清廉的父亲及其著作的影响和教育。从她现存作品所用故实看，她读过的书难计其数，文史哲无所不包，所受影响是多方面的。她不仅是文艺多面手，还是学养深厚的思想家。单就文史典籍而言，对她影响较多的计有下列诸种：

李清照之于《诗经》不是一般化地阅读和记忆，而是达到了出神入化的稔悉程度，有着若干深邃而新颖的见解。比如其《感怀》诗中"公路可怜合至此"的"公路"，既有某种可能取自《三国志·袁术传》裴注引《吴书》中袁术（字公路）的一段经历"说事儿"，或拿来自比；而可能性更大的是作者对《诗·魏风·汾沮洳》的隐括。因为《汾沮洳》中称呼廉洁的贵族官吏为"公路"。李清照用"公路"来比喻与天子同姓又身为知府的赵明诚，该是多么恰切和善解"良人"之意！又如《声声慢》中的"晓来风急"，当是化用《终风》的"终风且暴"的深层训释之义，而《诉衷情》的"夜来沉醉卸妆迟"和"人悄悄，月依依"，则是分别隐括了《柏舟》的"微我无酒，以敖以游"和"忧心悄悄"之句意，只不过这种化用和隐括就像盐溶于水无影无踪。对她这类词作的解读，需调动研究者本人的灵感。

有一首生动地反映待字少女心态的秋千词《点绛唇》，曾被不少论者怀疑，甚至屏于《漱玉词》之外，原因是：一把"倚门回首"解作"倚门卖笑"。其实"倚门"语出《史记·货殖列传》的"刺绣文不如倚市门"。司马迁是以此说明"农不如工，工不如商"的道理，而"倚门卖笑"是后人的演义，以之形容妓女生涯系晚至元代或清代。况且此词中的"倚门"句，只是靠着门回头看的意思，不必有何出典。二是认为名门闺秀的李清照不可能演韩诗（指李词中的"见客入来"诸句系演韩《偶见》诗）。这是对李清照所受韩偓《香奁集》的影响未加深究所致。《漱玉词》与韩诗有关之处颇多，较明显的尚有咏海棠的《如梦令》系演韩偓

《懒起》诗的"昨夜"以下三句而来。

清人杨文斌所编《三李词》，收录的是男中李后主，女中李清照及前此李太白的三家词。鉴于现存李白词尚有异议，李清照所受太白影响有待进一步探讨，而她所受李煜词的真挚深情、以血泪书写的影响却是极为明显的，郭沫若称这种影响为"文采有后主遗风"。不仅是"文采"，李清照的漱玉清流和李后主的"一江春水"，当是出自同一"泪泉"。

李清照对前人的借鉴，有时看似手到擒来，一旦"拿来"放在她的作品中，往往比在原作中更有光彩，如《念奴娇》的"清露晨流，新桐初引"和《小重山》的"春到长门春草青"，是分别出自《世说新语·赏誉》和五代薛昭蕴同调词的成句。比借取成句更妙的是对前人词旨和现成意象的借取和发展，比如她写于江宁的《诉衷情》，所承续的当是《花间集》中毛文锡的两首同调儿女情事词。又如在《诉衷情》和《清平乐》中都曾出现的"梅"意象，便是以冯延巳《谒金门》词所刻画的那个"终日望君君不至"的宫女的"手捋"之物为典的，李清照把宫女所揉搓的"红杏蕊"改为梅之残蕊，就与她本人的"情结"更为契合。

李清照对后人的影响也是多姿多彩的。且不说历代酷爱和研究其作品的人多不胜数，名列大家之前茅，直接在"易安体"的"哺育"下成长起来的著名作家也大有人在。比如，稍后于她的东武（今山东诸城）籍词人侯寘《眼儿媚》（花信风高），便题作《效易安体》。陆游虽没在作品中标出"效易安体"，但他与这位前辈颇有同病相怜之苦：除了政治上或受株连或被压抑之外，在感情上也都各有隐衷。在陆游的"沈园"、"梅菊"、"姑恶"诗中，不仅时有《漱玉词》的用语和意象，其旨亦多有牸同之处。再一位就是极力效仿"易安体"的辛弃疾，这不仅表现在对她"以寻常语度入音律"等方面的效法，更主要的是思想感情的一致。不难看出，辛弃疾以名句"众里寻他千百度"等等著称的《青玉案》，与李清照的《永遇乐》词完全是一脉相承的。然而更能体现李清照作品巨大影响的事情竟发生在张居正身上。这位明万历年间当国十年的首辅，有一天他听到部吏中有一姓钟的操浙江口音，便问道"你是会稽人吗？"答曰"是的"。张脸色遽变怒气久久不消。这个部吏解释说"我是新近从湖广迁来的。"即使这样张还是把他开除了。这虽然类似于小说家言，但很能说明《〈金石录〉后序》的深远影响，因为其中所记载的钟复皓，就是涉嫌盗窃李清照文物的梁上君子！

在李清照研究中，有许多问题尚未达成共识，比如作品的真伪、系年，生于哪一年、生母是谁等等均有不同说法，其中分歧最大的莫过于再嫁问题。按说南宋洪适《隶释》所云"赵君无嗣，李又更嫁"、南宋赵彦卫编著的人称"赅博可信"之书《云麓漫抄》所著录的李清照《投内翰綦公崇礼启》，都是李清照再嫁、诉讼、系狱诸事最雄辩的证据，但是那些把"持再嫁说"看成厚诬李清照的人，在没有任何实质性的证据下，硬说《投启》是经人篡改，甚至是伪造的，其说难以服人；在宋人的另外七八种关于李清照再嫁问题的记载中，虽然有的也认为再嫁是失节的，并指责她"无检操"（晁公武语）、"晚岁颇失节"（陈振孙语），但却从反面证实了李清照确有再嫁之事。而明朝以来才出现的，把记载李清照再嫁之事说成是"厚诬"她，则是不顾史实的强词夺理，实际是站在卫道立场的"帮倒忙"。

另一个是近十来年出现的问题，即随着李清照生平资料的新发现和对其词作暗含典事的破译，势必要对其履历有所改写。即改写以"靖康之变"为分野的前后二期说为早中晚三期说。从宋神宗元丰六年到徽宗大观元年屏居青州之年止，共二十五年为前期；从大观二年到高宗建炎三年赵明诚去世之前的二十一年为中期，也可称作青、莱、淄、宁时期；从建炎四年到绍兴二十五年为后期。本书所采用的就是这种三期说，它对李清照的作品系年、解读大有裨益。

陈祖美

2003年5—6月于北京

如梦令[1]

尝记溪亭日暮[2],沉醉不知归路。兴尽晚回舟,误入藕花深处[3]。争渡,争渡[4],惊起一滩鸥鹭[5]。

【注释】

1 如梦令:作为词调(又称词牌),其原名《忆仙姿》。苏轼《如梦令》(水垢何曾相受)一词注云:"此曲本唐庄宗制,名《忆仙姿》,嫌其名不雅,故改为《如梦令》。盖庄宗作此词,卒章云'如梦,如梦,和泪出门相送',因取以为名云。"关于词调、词牌问题,有一说颇可参考,因其书不常见,兹迻录于下:"词牌有各种不同的气息与音调,有缠绵悱恻的,有慷慨激昂的,有谐婉闲适的,对于抒发何等感情,描写何种事物,在选调上,就显得十分重要。例如《满江红》、《水调歌头》、《八声甘州》以及连用三字句的《六州歌头》,多四字句的《沁园春》等,音节都极沉雄高亢,最宜于怀古感事。《临江仙》、《蝶恋花》、《鹧鸪天》、《浣溪沙》等婉转清脆,最宜于写景抒情。《寿楼春》、《忆旧游》宜于咏春思,《齐天乐》、《霜天晓角》宜于咏秋景,诸如此类,学者多读前人作品,自能体会。"(陈声聪《填词要略及词评四篇》第27—28页,广东人民出版社,1986年6月版)

2 溪亭：一说此系济南七十二名泉之一，位于大明湖畔；二说泛指溪边亭阁；三说确指一处叫做"溪亭"的地名（因苏辙在济南时写有《题徐正权秀才城西溪亭》诗）；四说系词人原籍章丘明水附近的一处游憩之所，其方位当在历史名山华不注之阳。因为"历城北二里有莲子湖，周环二十里。湖中多莲花，红绿间明，乍疑濯锦。又渔船掩映，罟罾疏布。远望之者，若珠网浮杯也"（段成式《酉阳杂俎》前集卷十一）。大约在李清照十五岁时，按照相传的风俗，要用簪束发，叫"上头"。"上头"日要选在天气和暖之时，以便外出游乐。"婉娩新上头，湔裙出乐游"（梁简文帝《和人渡水诗》）。禀性极喜烟霞游乐的女词人，其终生记忆犹新的这次溪亭之游，或许正是上述古老风俗的沿袭，亦当是她从故乡湖山佳境中，所汲取的最初的创作素材。

3 藕花：荷花。

4 争渡：即"怎渡"的意思。

5 "惊起"句：言因慌忙划船，夺路急归，从而打破天籁宁静，惊起荷丛深处之栖息水鸟。鸥鹭，泛指概称鸥鹭的水鸟。

【解读】

此词起拍之"尝记"二字，喻示词非当时当地所作。作者约十六七岁到汴京，二十五岁时，翁舅赵挺之被罢相，不久她便随夫家"屏居乡里十年"，离开京城，也离开了与她有诗词唱和之谊的前辈晁补之、张耒等人。赵明诚是金石学家，"屏居"初年，李清照的创作雅兴，一度转移到与丈夫共同搜集、整理、勘校金石书籍方面。所以此词当是作者结婚前后，居汴京时，回忆故乡往事而写成的，也就是词人十六七岁至二十三四岁之间的作品。细审作者行实，此词大致可系于她十六岁（宋哲宗元符二年，公元1099年）之时，是时她来到汴京不久，此词亦当是她的处女之作。其初试词笔，便出手不凡。此作竟被有些版本当做苏轼、吕洞宾等大家、名流之手笔。这再生动不过地说明，词人及此作堪与"须眉"、仙人相匹敌。

这首也被题作"酒兴"的记游词，在一些古人的眼中被视为带有仙气的豪迈之什，今天则可称它为极具逸兴壮采。能够写出如此豪放之作的李清照，人称"易安倜傥，有丈夫气，乃闺阁中之苏（轼）、辛（弃疾），非秦（观）、柳（永）也"（沈曾植《菌阁琐谈》，《词话丛编》第3605页）。李清照惟其有丈夫之气、文士之豪，其词风总的属婉约派，但在她现存的全部词作中，不仅没有那种"雌男儿"笔下的脂粉气，有些还可以划入豪放之列。这其中除了《渔家傲》（天接云涛）之外，一些写山川风物的词，如这首《如梦令》，也是词人豪情逸兴的写照。这首只有三十三字一气呵成的小令，其景象非常开阔，情辞极其酣畅。作品的这种豪迈气度，固然与作者的气质有关，但是气质也不完全是天生的。壮阔的齐鲁山川，珍珠般翻滚的故乡明水数不清的活水甘泉，为词人提供了驰骋豪兴遐想的前提，涵育了她的胸襟怀抱。李清照那种独有的投身大自然、钟情于山水风物的童心和志趣，与其壮怀激越的作品，在一定意义上是相通的。通过这首小令，还可以获得对词人思想性格的更为全面的认识：即使她的早期作品，也不都是表达所谓怜花惜春的闺情。她的生活视野，有时也在闺房以外，当她的小舟驶入"藕花深处"时，也会像"惊起一滩鸥鹭"一样，给当时的词坛带来一股清风。事实上，李清照有一些体物、记游、抒怀词，不论就题材的选择，还是由此所表现出来的艺术特色，都给人耳目一新之感，被口碑相传为"独树一帜"（陈廷焯《白雨斋词话》卷六，《词话丛编》第3909页）。

此词的另一主要特色是语言的明白如话，可以说一读就懂，却又有令人百读不厌的魅力。由这首词所体现的"易安体"的基本特征，似可归纳为：它创造了一种比人籁更进一步的天籁境界，也就是不事雕琢，得自然之趣。人籁、天籁，原是《庄子·齐物论》的用语，前者指由人口吹奏管龠发出的声音，后者是指自然界的音响。你看，天黑下来了，人也沉醉了。当小舟在黑暗中漂离航道，误入荷丛时，在万籁俱寂而又空阔的水面上，猛然听到一群水鸟扑棱棱，惊飞四散。刹那惊悸之馀，又会令人感到多么欣喜有趣，以至事隔经年，还深印在这位游赏者的潜意识之中。到了京城，或被类似的景致所诱发，兴文成篇，为后世留下了这一别具一格的、豪迈倜傥的小令。

如梦令

昨夜雨疏风骤,浓睡不消残酒。试问卷帘人[1],却道"海棠依旧"[2]。"知否,知否?应是绿肥红瘦。"

【注释】

1 卷帘人:当指闺中小姐的侍女。一说"非为侍婢而实是作者自己的丈夫",且云:"此词乃作者以清新淡雅之笔写秾丽艳冶之情,词中所写悉为闺房昵语,所谓有甚于画眉者是也,所以绝对不许第三人介入。头两句固是写实,却隐兼比兴。金圣叹批《水浒》,每提醒读者切不可被著书人瞒过;吾意读者读易安居士此词,亦切勿被她瞒过才好。及至第二天清晨,这位少妇还倦卧未起,便开口问正在卷帘的丈夫,外面的春光怎么样了?答语是海棠依旧盛开,并未被风雨摧损。这里表面上是在用韩偓《懒起》诗末四句:'昨夜三更雨,今朝(一作'临明')一阵寒。海棠花在否,侧卧卷帘看'的语意,实则惜花之意正是恋人之心。丈夫对妻子说'海棠依旧'者,正隐喻妻子容颜依然姣好,是温存体贴之辞。但妻子却说,不见得吧,她该是'绿肥红瘦',叶茂花残,只怕青春即将消失了。这比起杜牧的'绿叶成阴子满枝'来,雅俗之间判若霄壤,故知易安居士为不可及也。'知否'叠句,正写少妇自家心事不为丈夫所知。可见后半虽亦写实，仍旧隐兼比兴。如果是一位阔小姐或少奶奶同丫鬟对话，那真未免大杀风景，索然寡味了。"（吴小如《诗词札丛》，北京出版社1988年9月版）

2　却道：（她——侍女）竟说。

【解读】

　　笔者虽然较早地拜读了关于"卷帘人"不同所指的论著，也曾郑重反复地思考过。在这一长达十馀年的思考过程中，陆续想到了三点理由：一是"赵君无嗣"。现在看，赵、李不仅没有儿子，想必连女儿也没有，所以在李清照的作品中，不大可能有与杜牧"绿叶成阴子满枝"相联系的语意；二是此词既含孟浩然《春晓》诗意，更是对韩偓《懒起》诗的隐括，韩诗云："百舌唤朝眠，春心动几般。枕痕霞黯澹，泪粉玉阑珊。笼绣香烟歇，屏山烛焰残。暖嫌罗袜窄，瘦觉衣带宽。昨夜三更雨，今朝一阵寒。海棠花在否，侧卧卷帘看。"从整首韩诗判断，主人公更像是一位少女，她与李清照所演之词的人物身份是相同的。因为一个作为"贵家""新妇"的词人，恐怕难得那么无拘无束地饮酒、睡懒觉。即使丈夫百般娇惯她，还有公婆和两位姒娌呢！看来把"卷帘人"视为小姐的丫鬟更妥；三是这首轰动朝野的小词的写作和传播，既是奠定李清照"词女"地位的基础，也是赵、李两姓联姻的媒介，惟其婚前所作，才能使赵明诚为之大作相思"词女"之梦……

根据上述理由，仍拟把此词视为"口气宛然"地表达少女伤春之作。因而词中的"红瘦"，不论是指嫣红的海棠，还是喻指少女，二者皆为惜春而"瘦"。

伤春情绪一般产生在暮春时节，词中虽无交代节气的直白用语，但整首词的时令感却极为明晰，也很有层次。从首句"昨夜雨疏风骤"的氛围之中，一下子使人感到这雨已不是杜甫笔下的"润物细无声"的酥雨了，而是如她自己《点绛唇》中所说的"惜春春去，几点催花雨"。"绿肥红瘦"指的是海棠的花稀叶茂，而不是初春时节桃杏枝头的绿红更替。"红杏出墙"意味着春天的到来，"花褪残红青杏小"，是一种生机盎然的阳春景象，谁也不至于为之叹息。待看到海棠花的零落，人们的心绪就大不一样了。李清照在《好事近》词中写道："长记海棠开后，正伤春时节。"以此为旁证，说作者以海棠的"绿肥红瘦"，曲折含蓄地表达了她的伤春情绪，当是切合词意的。

伤春既与时令有关，那么对时令的交代不仅要有层次，还要紧紧扣住作者的伤春情绪，从而给人以情深语工之感。起拍的"雨疏风骤"可理解成代指晚春。欧阳修《蝶恋花》的"雨横风狂三月暮"，写的是同一季节，海棠的飘谢也正是在这个时候。按花信风来说，春分一候海棠开，每五日为一候。春分后的下一个节气就是清明。海棠开了再过个把月便是初夏，这就是所谓"开到荼蘼花事了"的节候了。"花事了"在古代诗词中，几乎是伤春的代名词，不知有多少诗词作者为之慨叹惋惜——周权《晚春》诗:"花事匆匆弹指顷,人家寒食雨天晴";张炎《高阳台》词"东风且伴蔷薇住,到蔷薇、春已堪怜……莫开帘,怕见飞花,怕听啼鴂"、《清平乐》词更有"三月休听夜雨,如今不是催花"。

惜花伤春是古代作家的一种思想寄托,其中往往包含了社会的、人生的深刻内容。像杜甫的"一片花飞减却春,风飘万点正愁人"(《曲江二首》其一),也绝不是无聊的闲愁。李清照这首小词的思想容载尽管有限,但对"花事"的关切,也就是对青春的珍惜。把这种多情善感,以貌似闲淡之景出之,既是词家的秘钥所在,也是此词成功的关键所系。特别是结拍的"绿肥红瘦",胡仔称为"此语甚新"、王士祯赞为"人工天巧,可称绝唱"……对此词还有许多许多赞美之词,虽然其中有一些不尽是现代评论用语,但其含意与当今对此词的公允评价没有相左之处。还有一些古人的评语,对今天理解这一小令,可能有一定隔膜。打个今人熟悉的比方,此词篇幅虽小,但却颇似西洋歌剧的咏叹调,极富抒情色彩并有戏剧性,所谓"短幅中藏无数曲折"(《蓼园词评》)是也。

浣溪沙[1]

春　景

小院闲窗春色深[2]，重帘未卷影沉沉[3]。倚楼无语理瑶琴[4]。　　远岫出云催薄暮[5]，细风吹雨弄轻阴。梨花欲谢恐难禁[6]。

【注释】

1　浣溪沙：此调又名《繁多》。一名《小庭花》，系取张泌词"露浓香繁小庭花"句；一名《醉木犀》，是由韩淲词"一曲西风醉木犀"而来。风格婉转，语音清脆，宜于写景抒情。李清照此词颇近本意。这又是一个使用频率最高的词调，仅《全宋词》就共用七百馀次。任半塘《唐声诗》云："浣溪沙"三字费解，疑"沙"字系乐工手记所讹，似应作"纱"。此似可备一说。

2　闲窗：装有护栏的窗子。

3　沉沉：形容深邃的样子。

4　瑶琴：饰玉的琴，即玉琴。也作为琴的美称。

5　岫（xiù）：山峰。薄暮：指太阳将要落山的时候。

6　"梨花"句：意谓梨花盛开之日正春色浓郁之时，而它的凋落却使人格外伤感，以至难以禁受。

【解读】

从版本方面考察，这首小令曾被误作欧阳修、周邦彦词，或不著撰人姓名。这当是此词传播中的一种发人深思的现象，当初的情景莫非是这样的：李清照于待字之年，从原籍明水来到京都，她的才华深受词坛高手晁补之等"前辈"的赏识，从而激起了她的创作灵感，遂以记忆中的溪亭、莲湖之游和现时感受为素材写了一束束令词。学识渊博的李格非虽然自己不擅此道，但他深感女儿的小词出手不凡，便故掩其名，并与贤侄李迥分别将这些小词携至朝中和太学。果然不出所料，一时争相传阅，人见人爱，朝野为之轰动。或有好事者，将其中那首格调豪迈并带有"仙气"的溪亭记游词《如梦令》，猜测为苏轼或吕洞宾所作，而认为这首《浣溪沙》是出自欧阳修或周邦彦之手。在这批小词的众多热心读者中，有一位才学出众的太学生，他自幼酷爱金石书画并稔悉苏轼等书法大家的笔迹，乍一看他也曾认为是苏轼所写，细审字迹，虽有须眉般的遒劲之势，而笔意则不时透着女子的隽秀之气，遂自言自语道："此系词女所为！"这"词女"二字，刹那间使得芸芸众生恍然大悟，人们也就不约而同地想到了这些绝妙好词的真正作者——李清照！

李清照早期的诗词作品，总的可谓一鸣惊人，但人们的反映各不相同。她从晁补之、张耒等"前辈"那里得到的是鼓励、奖掖和逢人"说项"；缙绅、文士对她的作品虽然也击节称赏，但真正为之动心的只有一个人，他就是赵明诚！赵明诚不仅激赏李清照的诗词，这位"词女"的一切无不使他倾倒。别人对"词女"左不过口碑之誉，赵明诚却为之寝食难安，于是便有这样一个"昼梦"佳话的流传：赵明诚幼时，其父将为择妇。明诚昼寝，梦诵一书，觉来惟忆三句云："言与司合，安上已脱，芝芙草拔。"以告其父。其父为解曰："汝待得能文词妇也。'言与司合'，是'词'字，'安上已脱'，是'女'字。'芝芙草拔'，是'之夫'二字，非谓汝为词女之夫乎？"后李翁以女女之，即易安也，果有文章。托名元伊世珍《琅嬛记》卷中引《外传》的这一煞有介事的记载，再生动不过地说明——赵家父子对"词女"李清照当初有多么倾倒！

仿佛是"心有灵犀一点通"，李清照的这首《浣溪沙》，其语义深层所蕴含的岂不正是少女怀春的意绪！

起拍"春色深"的"深"字，既可训作"甚"，也可训作"浓"。前者是春色过甚，后者言春色正浓。联系下片的"细风"，其原意当属后者，即"小院"中春色正浓。然而，主人公的闺房不仅窗户紧闭，连一层层的窗帘都没有打开，所以闺房显得黑洞洞阴沉沉的。所以接下去的"倚楼无语理瑶琴"，意谓这位闺秀以信手拨弄精美的古琴，来排遣其难以名状的一腔愁绪。

下片第一句的"远岫出云催薄暮"前四字，当是对"窗中列远岫"（谢朓《郡内高斋闲望答吕法曹》诗）和"云无心以出岫"（陶潜《归去来兮辞》）二诗句的隐括，全句意谓云霓从远处的山峦飘起，加速了暮色的降临。

"细风"句承上启下,意谓云行风起暮雨纷纷,寒气袭来。结拍"梨花欲谢恐难禁"的表层语义是,似这般晚来风雨的侵袭,到了梨花飘落之时所引发的伤感将是难以承受的!所以,整首词的言外之意当是,在这种封闭阴雨的环境中,一个春心勃发的少女该是多么伤感!

浣溪沙

淡荡春光寒食天[1],玉炉沉水袅残烟[2]。梦回山枕隐花钿[3]。　海燕未来人斗草[4],江梅已过柳生绵[5]。黄昏疏雨湿秋千[6]。

【注释】

1　淡荡:和舒的样子。多用以形容春天的景物。寒食:节令名。在清明前一、二日。相传春秋时,介之推辅佐晋文公回国后,隐于山中,晋文公烧山逼他出来,之推抱树焚死。为悼念他,遂定于是日禁火寒食。《荆楚岁时记》:"去冬节一百五日,即有疾风甚雨,谓之寒食,禁火三日。"

2　玉炉:香炉之美称。沉水:即沉水香。一种熏香料。《太平御览》卷九八二引《南州异物志》云:"沉水香出日南。欲取,当先斫坏树,着地积久,外皮朽烂,其心至坚者,置水则沉,名沉香。"

3　山枕:两端隆起如山形的凹枕。花钿:用金片镶嵌成花形的首饰。

4　斗草:一种竞采百草,比赛优胜的游戏。

5　江梅:梅的一种优良品种,非专指生于江边或水边之梅。柳绵:即柳絮。柳树的种子带有白色绒毛,故称。

6　秋千：相传春秋时齐桓公由北方山戎引入。在木架上悬挂两绳，下拴横板。玩者在板上或坐或站，两手握绳，使前后摆动。技高胆大者可腾空而起，并可双人并戏。一说秋千起于汉武帝时，武帝愿千秋万寿，宫中因作千秋之戏，后倒读为秋千。详见《事物纪原》卷八。

【解读】

这是一阕寒食即景词。自幼博览强记的女词人，在寒食这一天，她不会不记起介之推（也作介子推、介推）的故事，也不会忘记自己小时候在老家学做"子推燕"的开心情景。她眼快手疾，学什么成什么。那是用发酵后的面粉做成飞燕，蒸熟后用柳条串起来，插在门框的横木上，祭祀因逃禄焚死于绵山的介子推。即使此类事情不宜入"小歌词"，那么被唐玄宗呼为"半仙戏"、深受宫中妃嫔和民间少女喜爱的秋千，在这首词中，为什么也被做了低调处理呢？想必作者在此时此刻是：别有一般滋味在心头，所以，她选取的景致亦别具只眼——

那原本是一个令人赏心悦目的美好季节，主人公却闷在卧室里春困。名贵的香料快要燃尽，只有残烟袅袅。她一觉醒来，贵重的首饰已脱离秀发隐藏在凹形的枕头里。春日昼眠，莫非她也想做一个像前述赵明诚那样的"昼梦"？词的下片所写的少女生活和感受很像是话中有话别有所指：眼看就是春光明媚的清明佳节，成双成对的海燕竟然还没有从南方飞来，词人只好又加入到小女孩的行列去作斗草的游戏,她心不在焉地四处观望,看到江梅已经开过,只有颠狂柳絮随风飘舞。结拍的"黄昏疏雨湿秋千",是常常为人提及的好句,它既好在与清明时节的对景上,更好在恰如其分地表达出"幽居之女,非无怀春之情"(陆机《演连珠》)的待字少女的特有心态。

点绛唇[1]

蹴罢秋千[2]，起来慵整纤纤手[3]。露浓花瘦，薄汗轻衣透。　　见客入来，袜刬金钗溜[4]。和羞走，倚门回首[5]，却把青梅嗅。

【注释】

1　点绛唇：此调得名于江淹《咏美人春游》诗的"白雪凝琼貌，明珠点绛唇"。《词谱》卷四以冯延巳"荫绿围红"一词为正体。唐圭璋《全宋词》此首阙如；王仲闻《李清照集校注》卷一云："按一九五九年出版之北京大学学生编写之《中国文学史》第五编第四章，断定此首为李清照作，评价颇高，恐未详考。《词林万选》中不可靠之词甚多，误题作者姓名之词，约有二三十首，非审慎不可也。"

2　蹴（cù）：踏。这里指打秋千。

3　慵（yōng）：困倦，懒。

4　袜刬（chǎn）：这里指跑掉鞋子以袜着地。金钗溜：快跑时首饰从头上掉落下来。

5　倚门回首：这里只是靠着门回头看的意思，不必有何出典，更与"倚门卖笑"无关。假如一定要追问其出处的话，"倚门"是语出《史记·货殖列传》的"刺绣文不如倚市门"。司马迁是以此说明"农不如工，工不如商"

的道理。而"倚门卖笑"是后人的演绎,以之形容妓女生涯是晚至元代或清代的事:"你看人似桃李春风墙外枝,卖俏倚门儿"(王实甫《西厢记》三本一折)、"婉娈倚门之笑,绸缪鼓瑟之娱,谅非得已"(汪中《经旧苑吊马守真文》)。

【解读】

唐圭璋《全宋词》未收此词;杨金本《草堂诗馀》前集卷下此首作苏轼词;《花草粹编》卷一、《续草堂诗馀》卷上、《古今词统》卷四、《古今诗馀醉》卷十二等作无名氏词;《词的》卷二作周邦彦词;而《词林万选》卷四、《历代诗馀》卷五、《林下词选》卷一、《古今图书集成·闺媛典》、《天籁轩词选》卷五、《三李词》等均作李清照词。兹从后说,并进而视为李清照婚前所作。

这里之所以认定此词为李清照所作,主要有以下正反两方面的理由:

首先,这是待字少女李清照歌词创作的惯用手法,即其屡演韩偓《香奁集》的有关作品,这首《点绛唇》则是对韩偓《偶见》诗"秋千打困解罗裙,指点醍醐索一尊。见客入来和笑走,手搓梅子映中门"的精心隐括。韩诗写的是一个打秋千打得很困乏的少女,她随手宽衣解下"罗裙",还点名索要一壶琼浆般的高档饮料。她看到有客人过来,便带笑向"中门"跑去。躲到暗处后,她一面用手揉搓着青梅,一面观察客人的动静。而李词则是一阕生动地自我写照。是一位什么样的客人，竟能这样打动自命不凡的女词人呢？看来他很可能就是那位声姿清亮，进止有致的端庄书生——赵明诚。自从李清照写出令人叫绝的"绿肥红瘦"之句，词名轰动之后，赵明诚一变其矜持稳健之风度，几乎成了一位狂热的追星族，为这位"词女"大做相思之梦。此事详见上引，托名元伊世珍《琅嬛记》卷中所引《外传》。

为能亲自一睹"梦中""词女"风采，赵明诚不难托故诣李府。因为李格非前不久还是太学学官，当是赵的上司或老师。赵明诚不满足于父母之命和媒妁之言，设法亲自上门"相媳妇"，这是对于爱情婚姻的一种难能可贵的超前自主意识。对此，笔者宁信其有，不谓其无。

其次，即使按照封建卫道者的思路，如王灼所指斥的："（易安居士）作长短句，能曲折尽人意，轻巧尖新，姿态百出。闾巷荒淫之语，肆意落笔。自古缙绅之家能文妇女，未见如此无顾藉也……其风至闺房妇女，夸张笔墨，无所羞畏……"（《碧鸡漫志》卷二），则又可从反面印证这类有涉于"闾巷"的"通俗歌曲"式的小词，正是出自一向爱赏新生事物的李清照之手。何况这类词又是青年男女真实心态的写照，于此，求之尚且难得，轻易将其从《漱玉词》中袪除，岂非失算？

这首词的意义还在于，其作者不但没有端起大家闺秀的架子，反倒别具一格地向世人展示她作为待字少女的内心世界，比起所演韩诗来，多有青蓝之胜。

渔家傲[1]

雪里已知春信至,寒梅点缀琼枝腻[2]。香脸半开娇旖旎[3],当庭际、玉人浴出新妆洗[4]。

造化可能偏有意[5],故教明月玲珑地[6]。共赏金尊沉绿蚁[7],莫辞醉、此花不与群花比。

【注释】

1 渔家傲:晏殊调寄《渔家傲》(画鼓声中昏又晓)一词中有"神仙一曲渔家傲"句,《词谱》取为调名。据宋元人的诸多描绘,这是一种响遏行云、声情高昂的词调。

2 寒梅:此指蜡梅。花芳香,外部黄色,内部紫褐色。冬末先叶开花,产于我国各地,是著名的观赏花木。常见写作"腊梅"者,或因其腊月开花的缘故。琼枝腻:梅枝清瘦,着雪而丰腴。腻,肥。

3 旖旎(yǐ nǐ):柔和美好。

4 玉人:美人。这里喻指梅花。

5 造化:指天地、自然界。

6 玲珑:明澈。

7 绿蚁:酒的代称。

【解读】

这首《渔家傲》是李清照现存八、九首"梅"词中,最早创作的两首欢愉之辞之一,另一首是秋千词《点绛唇》。但此首所咏不是隶属蔷薇科的果梅或"春梅",而是属于蜡梅科的蜡梅,而蜡梅并不是梅的别种。鉴于古典诗词中常常将二者混淆,特加辨析,以免误会。

此首所咏虽属可以在我国各地生长的蜡梅,但词亦当作于词人出嫁前夕的汴京。此时此地,她的父亲官礼部员外郎,翁舅做吏部侍郎,她又是神宗朝已故王宰相的外孙女,家庭环境相当优裕,好花美酒任其享用,身价地位几无伦比,其自矜自得之意,溢于言表,以"香梅"自况之意甚明,是时可谓良辰、美景、赏心、乐事四者兼并。

上片的"香脸半开"一语双关,它兼指蜡梅的含苞欲放和如花美女的即将"开脸"出嫁。女子出嫁前几天,用线将脸上的寒毛绞净、将鬓角修齐,叫做"开脸"。将这一民俗摄之入词,使"拟人"这一修辞方式更加生活化,使蜡梅所幻化成的"玉人",也就更加逼近了作者本人的身世现状,使雪中报春的蜡梅更加人格化,词作也就更具韵味。

下片的"造化可能偏有意"和"此花不与群花比"二句,其表层语义是蜡梅得天独厚,无与伦比地胜过其他花卉,而深层语义当是指姣好无比、出人头地的作者自己。

此作不是《漱玉词》的名篇,其中也没有脍炙人口的名句,但它在咏梅作品中却有着承袭前人和启迪后人的特殊作用。林逋大约是李清照曾祖辈的咏梅名家,他的《梅花》诗,特别是其中的"天与清香似有私",岂非"造化可能偏有意"之所本？而林氏另一首《山园小梅》尾联的"幸有微吟可相狎，不须檀板共金樽"，又被她反意隐括为"共赏金尊沉绿蚁"诸句。

王十朋可算是李易安的儿孙之辈，其五绝《红梅》"园林尽摇落，冰雪独相宜。预报春消息，花中第一枝"，说它由这首《渔家傲》脱胎，恐不是无稽之谈。至于善效"易安体"的辛稼轩，其调寄《念奴娇》的"题梅词"，于李之同类词正反均有借取。

本来，文学创作上的承前启后不是新问题，但具体到李清照咏梅之作的研究，它还是一片未经开垦的处女地，如果加以精耕细作，定会有更大的新收获。

稔悉各种花木而又博古通今的李清照，她不会不知道梅之为物的自然属性及其深远的历史文化意蕴。早在上古人们的心目中，果梅即被视为"和羹"（详见《尚书·说命下》和《左传·昭公二十年》）。以政治眼光看来，用以佐餐的梅子好比是位极人臣的宰相，起着调和朝廷上下各种关系的举足轻重的作用；在日常生活中，梅子同盐类似均为不可或缺的调味品，李清照本人就曾以酸梅佐餐宴请至亲好友，所以梅在古代的重要性于此可见一斑。

据竺可桢《中国近五千年来气候变迁的初步研究》（见《中国科学》1973年第五期）一文说，在我国唐代以前，黄河流域下游到处有梅树生长。相传李隆基即因其妃子江采蘋居处多梅而赐名梅妃。嗣后二三十年，元稹曾写过《赋得春雪映早梅》等诗，从中可见长安曲江一带仍有梅树生长。梅是亚热代植物，只能抵抗到摄氏零下 14 度的寒冷。或许因此，《扪虱新话》（下集卷一）才有这样一段令人解颐的记载：

> 北人不识梅，南人不识雪，盖梅至北方则变而成杏，今江、湖、二浙，四五月之间，梅欲黄落而雨，谓之梅雨，转淮而北则否，亦地气然也。语曰南人不识雪，而道似杨花，然南方杨实无花，以此知北人不但不识梅，而且无梅雨……

气候逐渐转冷，到了北宋，梅在北中国的许多地方已难以越冬，遂成了罕见之物。所以在苏轼写于今陕西宝鸡一带的诗中，有以杏充梅之事（详见《次韵子由岐下诗·杏》）。李清照从出生到十五六岁之前，当一直生活在今山东济南章丘，她自然也不识梅。但那时在长安和洛阳皇家花园和富人府邸中，仍有梅树栽培。在宋人笔记《曲洧旧闻》中说，许昌、洛阳等地有江梅、椒萼梅、绿萼梅、千叶黄梅等良种梅的栽培。这类记载，与《漱玉词》中的咏梅之作是完全吻合的。

在李清照现存较可靠的四十七首词中，咏物之作几占半数。咏物词中，又以专事咏梅加咏蜡梅之什数量为最，约占五分之一以上。梅不仅是李清照词作的重要主人公，还是她最好的朋友，以至是她本人的化身。其状梅之语，多系喻己之辞。凡是不便明说的心里话，便托咏梅以出之。梅的命运几乎与《漱玉词》作者的命运合二为一。

鹧鸪天[1]

暗淡轻黄体性柔，情疏迹远只香留。何须浅碧深红色，自是花中第一流。　　梅定妒，菊应羞，画阑开处冠中秋[2]。骚人可煞无情思，何事当年不见收[3]。

【注释】

1　鹧鸪天：又名《思佳客》、《第一花》。《词品》卷一云取郑嵎"春游鸡鹿塞，家在鹧鸪天"诗句为调名。

2　"画阑"句：化用李贺《金铜仙人辞汉歌》的"画栏桂树悬秋香"之句意，谓桂花为中秋时节首屈一指的花木。

3　"骚人"二句：取意于陈与义《清平乐·木犀》的"楚人未识孤妍，《离骚》遗恨千年"之句意。"骚人"、"楚人"均指屈原。可煞，疑问词，犹可是。情思，情意。何事，为何。此二句意谓《离骚》多载花木名称而未及桂花。

【解读】

这是一首咏桂词。大致作于词人结婚前后不久，其旨当是以桂的色淡香浓，隐喻人的内美之可贵——别看桂花貌不惊人，但它的清高和甜香，足以使其成为"花中第一流"。这层意思溢于言表，不难解读。不易读出的是这样一种深层寓意：即词人自知其出身并不显赫，比起朝廷中的诸多名公大臣，她一直认为其父、祖的地位是低下的，就像是自然界的岩桂，虽然其名位不能与御花园中"浅碧深红色"的牡丹、芍药相比，但它的清高脱俗、宜人香气，以及它作为八月佳节的应时之花，又足以使它成为中秋之冠，招致失期之梅和晚开之菊的种种妒忌。

需要略加解释的是，在这里词人并不是要贬低她一向喜爱的梅、菊，也不是说她家的门第多么低下，而是她想通过对以香取胜的桂花的褒赞，暗示其自身"内美"之所在。

对于此词最后两句曾有论者解释为：李清照是在借咏花发泄自己才能被埋没和对社会的不平云云。看来实情未必如此。首先，她的才能并未被埋没，相反已名满京城；其次，对于当时的一个少女或新妇来说，不大可能具有经世致用之想。何况，正在优雅地体察桂花的她，心中会有什么不平呢？实际情况可能是：鉴于当时境况的顺心如意，此时的李清照，在创作上颇有点初生牛犊不怕虎的意味，其所谓"骚人可煞无情思，何事当年不见收"，这或许是她曾自信地认为：屈原的"审美"情趣不如自己，竟然没有把桂花写进注重内美的《离骚》。

总之，此词从头到尾表达的是作者得意自负的心态和情绪，在当时恐还谈不上她对"社会"有何不平。

减字木兰花[1]

卖花担上，买得一枝春欲放[2]。泪染轻匀[3]，犹带彤霞晓露痕。　　怕郎猜道，奴面不如花面好[4]。云鬓斜簪[5]，徒要教郎比并看[6]。

【注释】

1　减字木兰花：即就词调《木兰花》上下阕一、三句各减去末三字，成四十四字，改为两仄韵、两平韵互换格。

2　春：此处是生机盎然的意思。

3　泪：指形似眼泪的晶莹露珠。

4　奴：作者自称。

5　云鬓：形容鬓发多而美。

6　徒：只、但。郎：在古代既是妇女对丈夫的称呼，也是对她所爱男子的称呼。这里当指前者。比并：对比。此句谓自己比花更好看。

【解读】

此词当写于作者新婚燕尔之际。生活是文艺的源泉。沐浴在爱河中的李清照，在她婚后一段时间的词作，几乎是清一色的闺房昵意、伉俪相娱。但由于好景不长，这类"欢愉之辞"为数很少，现存只有这首《减字木兰花》和另一首《瑞鹧鸪》。而这又是两首历来很有争议的词，以前者为例，作者仿佛是秀才遇到"兵"，她的这类词时而被骂作浅俗不堪，时而被剥夺了著作权，来回都是她吃亏。

对李清照的词作极尽攻击之能事者，莫过于王灼及其《碧鸡漫志》，但却道出了一个事实，即《漱玉词》中确有部分所谓浅俗轻巧之作，这一首就较典型。问题是对这类具有所谓闾巷、市井意味的作品，今天不应再多所非议。"女为悦己者容"，主人公为取悦于新郎，故意让他品评：是带露的红花好看，还是新娘的如花容颜更美。作为"闺房之事"，新娘此举不为过分，亦无甚低俗可言。时至今日，不应再以类似于道学的面孔，将此类词屏于《漱玉词》之外。因为这类词比正统的"易安体"，更能体现词人对于旧礼教的冲撞，而这种冲撞本身，正体现了一种新进的思想意识，也是词人"压倒须眉"（李调元《雨村词话》卷三）之处。

此词煞拍的"徒要"句，意谓自己比花更好看，其上句"云鬓斜簪"所包容的意蕴，在词人45岁于江宁（今南京）所作《蝶恋花·上巳召亲族》结拍二句的"醉莫插花花莫笑，可怜春似人将老"中，得到了反意照应。进而发现，《漱玉词》的立意，往往在时隔多年后，尚有前后照应，如《清平乐》（年年雪里）既是对此首，也是对《诉衷情》有关揉搓"残蕊"诸句的照应。这不又从另一角度证明此词确为李清照所作吗？

一剪梅[1]

红藕香残玉簟秋[2]，轻解罗裳，独上兰舟[3]。云中谁寄锦书来[4]，雁字回时，月满西楼。花自飘零水自流，一种相思，两处闲愁。此情无计可消除，才下眉头，却上心头。

【注释】

1 一剪梅：以周邦彦"一剪梅花万样娇"取为调名，并与吴文英"远目伤心楼上山"，同被《词谱》列为正体。

2 玉簟秋：意谓时至深秋，精美的竹席已嫌清冷。

3 兰舟：《述异记》卷下谓：木质坚硬而有香味的木兰树是制作舟船的好材料，诗家遂以木兰舟或兰舟为舟之美称。一说"兰舟"特指睡眠的床榻。

4 锦书：对书信的一种美称。《晋书·窦滔妻苏氏传》云：苏蕙织锦为回文旋图诗，以赠其被徙流沙的丈夫窦滔。这种用锦织成的字称锦字，又称锦书。

【解读】

此词当系在特定的政治背景下，作者于崇宁年间，因受党争株连，被迫回娘家后，思念丈夫赵明诚所作，而并不是因丈夫所谓"负笈远游"与妻子小别之故。

李清照新婚时，丈夫还在太学作学生。"负笈"是读书，太学在汴京，他用不着"远游"求学。所以绝不是赵明诚离京外出，而是李清照被迫泣别汴京，这是第一点；第二点，李清照《〈金石录〉后序》所云"（明诚）出仕宦"，对此不能理解为他到远方去做官，而只是说他从太学毕业，走上了仕宦之路，也就是出来做官的意思；第三点，事实上，赵明诚于崇宁四年（1105）十月，就被擢为鸿胪少卿这一朝廷清要之职。翌年仲春，赵明诚不但仍在汴京，且在鸿胪直舍。此事有他留存至今的跋《集古录跋尾四》的珍贵手泽为证。因此，这首《一剪梅》，也就不是那种一般的思妇念远的离情词。它之所以成为一首知名度很高的佳作，则是因为词人心中藏有难以化解的政治块垒。如果是由于短暂的小别所带来的伤感，何至于严重到："此情无计可消除，才下眉头，却上心头。"这一名句是由词人独特的遭遇、独特的思想情怀凝结而成的，是其特定心理状态的外化。

对于此词文本，有一种理解颇可关注以至信从，其说云："此是清照名篇，前人评论颇多，以为其'离情欲泪'，'香弱脆溜，自是正宗'，但关于全词意脉，则语焉不详。关键在于上片的'兰舟'一词乃清照的自我作古，常被注家误训，如王仲闻先生云'即木兰舟'，胡云翼先生谓'独上兰舟'乃'独自坐船出游'，都与上下文义扞格。这是因为词的上片描叙抒情环境，'红藕香残'暗写季节变化；'玉簟秋'谓竹席已有秋凉之意；'雁字回时'为秋雁南飞之时；'月满西楼'，西楼为女主人公住处，月照楼上,自然是夜深了。若以'兰舟'为木兰舟,为何女主人公深夜还要独自坐船出游呢?而且她'独上兰舟'时,为何还要'轻解罗裳'呢?这样解释显然与整个环境是矛盾的。清照有一首《浣溪沙》(应为《南歌子》)与《一剪梅》的抒情环境很相似,其上阕云:'天上星河转,人间帘幕垂。凉生枕簟泪痕滋。起解罗衣,聊问夜何其。''凉生枕簟'与'玉簟秋','起解罗衣'与'轻解罗裳','夜何其'与'月满西楼',两词意象都相似或相同。两词的上片都是写女主人公秋夜在卧室里准备入睡的情形。此时她绝不可能忽然'独自坐船出游'的。'兰舟'只能理解为床榻,'轻解罗裳,独上兰舟',即是她解卸衣裳,独自一人上床榻准备睡眠了。'玉簟秋'乃睡时的感觉,听到雁声,见到月光满楼,更增秋夜孤寂之感,于是词的下片抒写对丈夫的思念便是全词意脉必然的发展了。"(《百家唐宋词新话》,四川文艺出版社1989年5月版第291—292页)

醉花阴[1]

薄雾浓云愁永昼[2],瑞脑销金兽[3]。佳节又重阳[4],玉枕纱厨[5],半夜凉初透。　东篱把酒黄昏后[6],有暗香盈袖[7]。莫道不销魂,帘卷西风,人似黄花瘦。

【注释】

1　醉花阴:在词史上,多以毛滂和李清照的这一同调词为代表作。其实在略早于李清照的毛滂之前,舒亶、仲殊早已用此调填词。在李清照之前、同时,以及稍后,虽然共有十多首《醉花阴》,但是在立意、题旨上,李清照此词所步武的则是张耒《秋蕊香》。(张耒词云:"帘幕疏疏风透,一线香飘金兽。朱阑倚遍黄昏后,廊上月华如昼。　别离滋味浓于酒,惹人瘦。此情不及墙东柳,春色年年如旧。")

2　薄雾浓云:晏殊《蝶恋花》词有"薄雨浓云"句。

3　金兽:此处指兽形的金属香炉。

4　重阳:阴历九月九日为重阳节,又称重九。曹丕《九日与钟繇书》:"岁往月来,忽复九月九日。九为阳数,而日月并应,俗嘉其名,以为宜于长久,故以享宴高会。"

5　纱厨:厨形的纱帐,夏季以避蚊虫。

6　东篱:语出陶潜《饮酒》诗二十首其五:"采菊东

篱下，悠然见南山。"

7　暗香盈袖：当取意于《古诗·庭中有奇树》的"馨香盈怀袖，路远莫致之"等句。

【解读】

当初这首词是和一封信同时从词人原籍，寄给时在汴京担任朝中清要之职鸿胪少卿的赵明诚。接读后，明诚为之叹赏不已，自愧不如，又务欲胜之。一切谢客，忘食忘寝者三日夜，得五十阕，杂易安作，以示友人陆德夫。德夫玩之再三，说："只三句绝佳。"明诚问哪三句，陆说："莫道不销魂，帘卷西风，人似黄花瘦。"这正是易安词中的结拍三句。从此，"黄花比瘦"的词坛掌故便不翼而飞。

可能因为这首词历代广为流传，所以异文很多，但是最可取的版本是《乐府雅词》，其卷下所收此词，凡有异文的字词，如"浓云"不作"浓雾"、"金兽"不作"香兽"、"人似"不作"人比"。特别值得强调的是"人似"！这是一处非常重要的异文！虽然后世的多数版本此句作"人比黄花瘦"，但《乐府雅词》作"人似黄花瘦"、《琅嬛记》所引《外传》此句亦作"人似黄花瘦"！这里取"似"字而屏"比"字，不仅从版本上考虑择善而从，而且因为用"似"字更符合李词的原意。从立意上看，作者不是要把"人"（词人自指）和"黄花"对立起来，而是将"黄花"拟人化，二者是合二而一的，在这里并不存在程度上的对比问题。何况新婚不久，年方二十一二岁的李清照,犹如"重九"之日应时而开的"黄花",此时它刚刚开放,不但尚未消瘦,而且是"有暗香盈袖"。但如果党争的"西风"不止,它卷帘而入,使自己继续受株连,不能回京与丈夫团聚,那么自己的命运也会像自然界"西风"中的"黄花"一样,不堪设想。所以"帘卷西风,人似黄花瘦",似可释为:自己被迫离京而产生的离愁别恨对于"人"的折磨,犹如风霜对"黄花"的侵袭,政争的忧患给主人公所带来的体损神伤,就像"黄花"将在秋风中枯萎一样。如此说来,使词人为之"销魂"的,不仅是离愁和悲秋,那只是一种幌子。词人心中真正的块垒是新旧党争对她的株连。其借"东篱把酒"所抒发的主要是对自己未来命运的忧虑,绝不仅仅是因为与丈夫"小别"的缘故。

玉楼春[1]

红酥肯放琼苞碎[2]，探著南枝开遍未。不知酝藉几多香[3]，但见包藏无限意。　　道人憔悴春窗底[4]，闷损阑干愁不倚。要来小酌便来休[5]，未必明朝风不起。

【注释】

1　玉楼春：此调又名《木兰花》，但二者之齐、杂；分、合；异、同，迄无定说。对其来历，一说出自《长恨歌》"玉楼宴罢醉和春"；一说来自顾夐"月照玉楼春漏促"、"柳映玉楼春日晚"句，但对此尚有不同见解。

2　红酥：这里指色泽滋润的红梅。琼苞：像玉一般温润欲放的鲜嫩梅蕊。

3　酝藉：《汉书·薛广德传》："广德为人，温雅有酝藉。"意谓传主宽和有涵容。而在此词中则与下句的"包藏"意思相近。

4　道人：《汉书·京房传》："道人始去。"颜师古注："道人，谓有道术之人也。"一说"人"为李清照自指，一说"道人"，意谓别人这样说我、议论我。憔悴：困顿委靡的样子。

5　小酌：随便的饮宴。便来休：张相《诗词曲语辞汇释》卷三："此犹云快来呵。"休，语助词，含有"呵"

的意思。

【解读】

朱彝尊《静志居诗话》卷十八,谓此词结拍二句"皆得此花之神"。这里大体意思是:李清照的此二咏梅之句,犹如林逋、苏轼等人的咏梅名作,都能体现出梅的神韵。其实,李清照此词则可谓"伤心人别有怀抱"!

此词当作于宋徽宗崇宁前期、新旧党争反复无常之时;写作地点可能是李格非所居住的"有竹堂"。这年早春,词人的心情很不好,脸色憔悴,打不起精神。回到娘家,一头扎在她做女儿时的闺房,春天来了也懒得出门。因为自己愁闷不堪,尤其不愿再去凭栏遐想。但是对于她"手植"的那株"江梅",却一直像老朋友一样放在心上,并时不时地前来探望。

有一天,她发现,这株红色的江梅,仿佛在刹那间,从花苞中绽开了靓丽的笑脸,从而表达它对自己的"无限"情意。李清照的这首《玉楼春》,不是一般的咏梅词,而是把梅作为与自己患难与共的朋友,向"她"倾吐自己的内心隐秘。具体说来,此词的用意涉及到这样两个方面:一是,"道人"自叹或人谓其形容憔悴,她的愁闷已经到了无以复加、不敢再倚栏想望的地步;二是,词人为含苞欲放的"南枝"(梅)的命运担心——一旦风暴袭来,未曾开遍的花苞,也难免玉殒香消。结拍二句的意思当是:作者对红梅说,要来饮酒就快来呵,说不定明早风暴一起，你我都要遭殃。

所以，此词的题旨，当是借对红梅未来命运的关注，寄寓了作者本人因受新旧党争株连，朝不保夕的身世之叹。

行香子[1]

七 夕

草际鸣蛩[2],惊落梧桐,正人间、天上愁浓。云阶月地[3],关锁千重。纵浮槎来,浮槎去,不相逢[4]。 星桥鹊驾[5],经年才见,想离情、别恨难穷。牵牛织女[6],莫是离中。甚霎儿晴[7],霎儿雨,霎儿风。

【注释】

1 行香子:又名《爇心香》。"行香"原为拜佛仪式,"爇"是点燃。一说这一调名本意为燃香做道场(详见《演繁露》)。虽然苏轼之前的杜安世、晏几道(一说王辅之),或与苏轼同时及稍后的王诜、晁补之等都以此调填过词,而对李清照此词产生影响的,当首推苏轼的同调词。这首词有的版本题作《七夕》,与词中所写的"牛女"故事相合。

2 蛩:蟋蟀。

3 云阶月地:指天宫。语出杜牧《七夕》诗。

4 "纵浮槎"三句:张华《博物志》记载,天河与海可通,每年八月有浮槎,来往从不失期。有人矢志要上天宫,带了许多吃食浮槎而往,航行十数天竟到达了天河。此人看到牛郎在河边饮牛,织女却在很遥远的天宫中。浮槎,指往来于海上和天河之间的木筏。此三句系对张华上述记载的隐括,借喻词人与其夫的被迫分离之事。

5　星桥鹊驾:传说七夕牛郎织女在天河相会时,喜鹊为之搭桥,故称鹊桥。韩鄂《岁华记丽》卷三引《风俗通》:"织女七夕当渡河,使鹊为桥。"

6　牵牛织女:二星宿名。《文选·曹丕〈燕歌行〉》:"牵牛织女遥相望。"李善注:"《史记》曰:'牵牛为牺牲,其北织女,织女,天女孙也。'曹植《九咏》注曰:'牵牛为夫,织女为妇。织女、牵牛之星各处一旁,七月七日得一会同矣。'"

7　甚霎儿:"甚"是领字,此处含有"正"的意思。霎儿,一会儿。

【解读】

自《古诗十九首·迢迢牵牛星》以来,历代以牛女为题材的文学作品多不胜数。对于牛女的身世,《荆楚岁时记》是这样记载的:"天河之东,有织女,天帝之子也。年年织杼劳役,织成云锦天衣,天帝怜其独处,许嫁河西牵牛郎。嫁后,遂废织纴。天帝怒,责令归河东。唯每年七月七日夜,渡河一会……"在同一本书中,还记载了有关七夕的风俗:"七月七日为牵牛织女聚会之夜。是夕,人家妇女结彩缕,穿七孔针,或以金银鍮石为针,陈瓜果于庭中以乞巧。"尽管在词人生活的时代,还有"种生"

迎七夕等等许多极有诗情画意的风俗，但是作者的着眼点不在这里。从词中的结穴之句"甚霎儿晴，霎儿雨，霎儿风"来看，此作大致产生于这样的背景之下：

苏轼去世以后，北宋末年的新旧党争并未消停。所谓旧党人物及其子弟、亲属也相继被驱逐出京。这种争斗和较量的结果，就是走马灯似的官吏升降。崇宁年间的这种政要的频繁更迭，活像嫔妃们一上一下地打秋千，又像是儿童玩儿的跷跷板运动。"甚霎儿"三句，就是对这种混乱而动荡的政治态势的极具讽刺意味的写照。其妙处在于词人能把自然界实实在在的天气变化，与社会政治风云变幻绾合得天衣无缝。谁都知道，七夕期间，天气总是一会儿雨，一会儿晴。民间认为那是织女时哭时停的阵阵泪水洒向人间。李清照婚后不久，崇宁年间的政治风云同样变幻莫测。所以，此词结拍三句，当不单纯是修辞学上的一语双关，从社会心理层次上看，它多么巧妙地传达出了词人的心声！

时序和政治、心理背景搞清了，此词的题旨便可迎刃而解。起拍三句意谓：就像那草丛中蟋蟀的叫声惊得桐叶纷纷飘落，朝廷的风吹草动也殃及到了无辜者。由于党争的株连，把一对志同道合新婚夫妇变成了常年分离的人间牛郎织女，彼此间阻隔重重，难以"相逢"。在"人间"的词人，其翁舅很有权势，却使她感到失望和寒心；在天上，正因为作为织女祖父的天帝的权势至高无上，牛女才被迫分居天河东西两岸，使"两处"都愁苦不堪。这种情况用"正人间天上愁浓"加以写照,再恰当不过。接下去的"云阶"二句,字面上是说天宫中"关锁千重",实际上,"人间"又何尝不是这样!是时词人的命运正为廷争所左右——争斗加剧,她就与娘家人一起遭殃;稍缓似可回到"人间"的"云阶月地"——御赐府司巷的赵相府邸。这当是词中"浮槎来,浮槎去"的旨意所在。

至于词人回到汴京后,为何仍与"人间"的牛郎赵明诚"不相逢",这又可能涉及到二人由亲密到疏远的感情变化。在一夫多妻制的封建社会,特别是在纳妾盛行的宋代,又怎能设想赵明诚会像"天上"的牛郎那样,永远保持着对"人间"的织女李清照的如同初婚之爱呢?这一切,当是此首《行香子》的一种可想而知的政治文化背景。这种背景还同时反映在"浮槎"数句的出典上——天上的牛女名为夫妻,实被分离。这个典故本身简直就是崇宁中期,赵、李之间实际境况的写照。

双调忆王孙[1]

湖上风来波浩渺，秋已暮、红稀香少。水光山色与人亲，说不尽、无穷好。　　莲子已成荷叶老，清露洗、蘋花汀草[2]。眠沙鸥鹭不回头，似也恨、人归早。

【注释】

1　双调忆王孙：《乐府雅词》虽然是现存《漱玉词》最早的好版本，但是对于此词的调名却误作《怨王孙》，此后便以讹传讹。巴蜀书社1992年9月版《李清照作品赏析集》第10页，周笃文所撰此词赏析之文首纠其讹作《双调忆王孙》且云："《怨王孙》，'怨'，当为'忆'字之讹。考此词之平仄韵式均同《忆王孙》，而与《怨王孙》迥异。按周紫芝之《双调忆王孙》：'梅子生时春渐老，红满地、落花谁扫？旧年池馆不归来，又绿尽、今年草。　　思量千里乡关道，山共水、几时得到。杜鹃只解怨残春，也不管、人烦恼。'与此《怨王孙》词纤悉无殊，可证其误……从句律上讲，下片是上片的重复，故谓之《双调忆王孙》。"兹从之。

2　蘋：亦称田字草，多年生浅水草本蕨类植物。

【解读】

　　此词上片写观赏秋景的喜悦；下片写归去时的依恋。全篇的中心意思是通过对秋景的描绘，表达作者热爱自然的心情。第一句写广阔无际的水面给人的感受。接下去写晚秋景象：荷已萎谢，只剩下残存的点点红花，馀香淡然。但湖水潋滟、秋山点翠，与人格外亲昵，此情此景使人感到无限美好。下片对秋色的描绘饶有风趣，颇有现代相声中逗哏的意味：莲子成熟，露洗花草，秋色如此诱人，那么沙滩上的鸥鹭为什么像在赌气，扭过头去，不与作者道别？喔，原来是怨恨她归去太早！

　　自从宋玉的"悲哉秋之为气也"和杜甫的"万里悲秋常作客"的名篇名句问世后，有多少人相继写过悲秋的作品！不说别人，就是李清照本人的名句"人似黄花瘦"，虽然主要是怀人，却也包含着浓重的悲秋成分。这首《双调忆王孙》完全不同，写的既不是篱边黄花，也不是秋菊梧桐，词人选择了秋莲。如果说出水芙蓉是明净纯洁的象征，那么"莲子已成"的秋荷，便给人以丰盈充实之感。由于作者乐观情绪的点染，词中的"水光山色"、"蘋花汀草"以及"眠沙鸥鹭"，无不使人感到可亲、可爱、可喜。通过对秋景的描绘，抒发作者的欢快情绪，这在北宋词坛上，虽不能说绝无仅有，却也很不多见。出自一位青春女子笔下，就更为可贵。

　　这首词的风格基本上保持了婉约词的当行本色，比如作者把自己爱湖山的感情，说成"水光山色与人亲"，把留恋美景的心情，用"眠沙鸥鹭不回头，似也恨、人归早"来表达，可谓曲尽人意。但此词又不同于一般婉约词的缠绵蕴藉，而直说"秋已暮"，径夸"无穷好"。如此写来，既不隐晦，又不直露；既有景物的描绘，又有感情的抒发。这种含义明白而不一一点破的写法，丰富了婉约词的表达方式，使其既有隽永深长之味，又有畅亮欢快之情。

  论者多把《金粟词话》中所谓"用浅俗之语，发清新之思"视为"易安体"的基本特色之一，此词便集中体现了这一特色，其用语极为浅显通俗，而所表达的思想感情却很新颖，毫不落窠臼。比如，写秋风无萧瑟之气，状秋情无悲伤之意。在"红稀香少"、"莲子已成荷叶老"、"清露洗、蘋花汀草"等等一连串明白省净的语句中，人们看到词人不是在为"秋已暮"、"荷叶老"而伤感，而是在为"水光山色"、莲子荷叶和湖畔花草而欢歌不已。这首词不仅比被作者批评的柳永的某些"词语尘下"的作品要清新健康得多，就是在有词以来的全部作品中，也是别具一格的，它给人以清新向上、愉悦充实之感，体现出作者的一种倜傥豪迈、青春焕发之气。

小重山[1]

春到长门春草青[2],江梅些子破[3],未开匀。碧云笼碾玉成尘[4],留晓梦,惊破一瓯春。花影压重门,疏帘铺淡月,好黄昏。二年三度负东君[5],归来也,著意过今春[6]。

【注释】

1 小重山:又名《柳色新》等,多写春景春情。《词谱》以五代薛昭蕴用此调所填首句作"春到长门春草青"一首宫怨词为正体。李清照此词不仅取用薛词之成句,其立意、题旨均有所借鉴。在此调中,写得最好的,当首推岳飞的首句为"昨夜寒蛩不住鸣"的那一首。

2 "春到"句:用五代薛昭蕴同调词之成句。长门,汉宫名。武帝陈皇后被废谪后,退居长门宫。后因用为失宠后妃居住之地。

3 些子:少许,一点儿。

4 碧云:这里指青绿色的团茶。玉成尘:指茶饼被碾成碎末。

5 东君:本为《楚辞·九歌》篇名,以东君为日神。此处指美好的春光。

6 著意:即着意,用心的意思,犹《楚辞·九辩》"惟著意而得之"之谓。

【解读】

　　此词之写作背景大致是这样的：崇宁二年（1103），诏禁元祐党人子弟居京。此后，李清照不得不离开汴京回归原籍。至崇宁五年春，诏毁《元祐党人碑》，继而赦天下，解除党人一切之禁，李清照遂得以回京。从离京到回京，恰好历时二年，梅开三度。回到汴京的李清照，政治株连之苦得以缓解，原想快快活活地过个春天，不料又蒙受了类似于长门之怨的情感折磨，其况味恰与五代"花间"词人笔下的宫怨词意相合，所以顺手拈来他人之成句，嵌入己作，借以遣怀。

　　对于李清照研究作出重要贡献的黄盛璋和王学初二位先生，在其各自的著作中均一再指出：赵明诚不曾"负笈远游"，也没有离京外出做官；后来，笔者又根据新发现的有关史料，提出李清照曾被迫离京的见解；近期，启功先生将自己收藏的赵明诚手泽俯允后学经眼、复制，从而证实其新婚不久的崇宁年间赵氏确在汴京任职……

　　基于上述人事背景，试将此词上下片的结拍二句，分别"心解"如下：

　　"留晓梦，惊破一瓯春"：此亦当系《漱玉词》中惯用的"能曲折尽人意"之笔。"一瓯春"，即一杯茶；"惊"字可训作"震动"，"惊破"，可释为泼洒之意，也就是对归来堂中猜书、斗茶甜蜜生活的忆恋。"惊破一瓯春"，岂非"中，即举杯大笑，至茶倾覆怀中"（《后序》）之意！

"归来也,著意过今春":此似指李清照从原籍归来,并不是她"招魂"似地呼唤丈夫"快回来呀!"此二句是紧承前文的作者自诉,意谓她已经无可奈何地辜负了三个春天的大好时光,今年这个春天,在她手植江梅乍开还未开遍的时候,自己回到了阔别整整二年的汴京及丈夫身边,心里多么希望好好地过个春天啊!

满庭芳[1]

小阁藏春，闲窗锁昼，画堂无限深幽。篆香烧尽[2]，日影下帘钩。手种江梅渐好，又何必、临水登楼[3]。无人到，寂寥浑似[4]，何逊在扬州[5]。　　从来，知韵胜[6]，难堪雨藉[7]，不耐风揉[8]。更谁家横笛[9]，吹动浓愁。莫恨香消雪减，须信道、扫迹情留[10]。难言处、良宵淡月，疏影尚风流。

【注释】

1　满庭芳：此调名本于唐吴融《废宅》诗"满庭芳草易黄昏"之句；又宋葛立方之同调词有"要看黄昏庭院，横斜映，霜月朦胧"句，周纯词易调名曰《满庭霜》。《全宋词》所收李清照此词即以《满庭霜》为调名。

2　篆香：对盘香的喻称。

3　临水登楼：王粲于湖北当阳"登兹楼以四望"，作《登楼赋》。

4　浑似：完全像。

5　何逊在扬州：语出杜甫《和裴迪登蜀州东亭送客逢早梅相忆见寄》的"东阁官梅动诗兴，还如何逊在扬州"之句。

6　韵胜：优雅。

7 难堪雨藉：难以承受雨打。

8 不耐风揉：《乐府雅词》卷下、《梅苑》卷三、《全宋词》第二册均作"不耐风柔"，"柔"字不通，故改。

9 横笛：汉横吹曲中有《梅花落》。

10 扫迹：语见孔稚珪《北山移文》"乍低枝而扫迹"。原意谓扫除干净，不留痕迹。此处系反其意而用之。

【解读】

此词大约写于崇宁四、五年间，是时作者二十四五岁。她在政治上所受株连刚刚得到解脱，从原籍返回汴京后，又可能遭到赵家冷遇。于是她不得不回到在娘家居住的"小阁"。此词虽语调平缓，文字从容柔曼，但其语义深层却包含着无限幽怨，酷似为自己写的《长门赋》！

这首《满庭芳》，后人以为是专咏残梅，实际是作者以之自况。词中的"小阁"和"篆香"，是读者所熟悉的词人的闺房和房中陈设之物。至于所谓"无人到"的"人"，也是词人专用于对赵明诚的昵称，当与"念武陵人远"、"人何处"的"人"同义。所谓"无人到"，就是作者埋怨丈夫应该到而不到她身边来。这从此句前后所用的明暗两个典故看得很清楚——

一个是"临水登楼"，一个是"何逊在扬州"。前者旨在强调主人公虽然心情很不好，但却不同于写《登楼赋》时的王粲。彼时，王粲的襟中块垒是怀才不遇和思乡之戚。而词中的女主人公，也就是生活中李清照的化身，那时她并没有什么家国之思。汴京失陷，她由青州到江宁，产生了家国之思后所写的《鹧鸪天》，就直截了当地说自己也有与王粲同样的"怀远"之情。因为这种感情，不存在不可告人的问题，真正使她难以启齿的是藏在"何逊在扬州"背后的典事。词人的睿智和苦衷也恰恰表现在对这一故实的婉转借取上。

　　但是，以往在注释"何逊在扬州"一句时，只为它在杜甫诗中找到了出处，对它在李词中的用意却未求甚解。这就无从了解词人的心情，也找不到其"寂寥"的真正原因。如果联系作者可能有过"婕妤之叹"的身世加以品味，则不难发现：原来词人是借何逊的《咏早梅》诗，来表达自身的难言之隐。因为何逊诗中有这样几句："朝洒长门泣，夕驻临邛杯。应知早飘落，故逐上春来。"这类诗句，即使出自像何逊、杜甫那样著名的男性作者之手，也不外乎"美人香草"之喻，而对于女词人李清照来说，则具有真实感人的身世之慨。她此时与失宠的陈阿娇和被弃的卓文君当有某种同病相怜之处，所以她特别声明：自己的内心况味，与因其貌不扬，加之体弱，不为荆州刘表重用而产生桑梓之念的王粲不同，故云"又何必临水登楼"。所以，此词上片的"无人到"以下三句，似可直译为：丈夫不到身边来，使自己产生冷落、孤独的寂寞之感，简直就同何逊在扬州所写的《咏早梅》诗中的，被废居长门宫的陈皇后，和被因献赋得官欲娶茂陵女子为妾的司马相如遗弃的卓文君的心情完全一样。

　　词之下片的蕴寓之意大致是，谁都知道，从来都是以梅自况的作者，她也与其"手种江梅"一样，以皎洁风雅取胜。由于所处环境优越，便经不起风雨的摧残。尽管如此，尽管"江梅"也有因失去白雪的映衬而香消色褪、甚至随风飘落之时，但因其浓香彻骨，即使将落花扫掉，亦仍留有香气和情韵。这正如一对曾经沧海的夫妻，尽管经历挫折却仍不忘旧情。这一切"难言处"，待到"良宵淡月"时，其"风流"、"韵胜"，就像月色朦胧中的"江梅"、"疏影"一样，更加神采奕奕。

多丽[1]

咏白菊

小楼寒，夜长帘幕低垂。恨萧萧、无情风雨，夜来揉损琼肌[2]。也不似、贵妃醉脸[3]，也不似、孙寿愁眉[4]。韩令偷香[5]，徐娘傅粉[6]，莫将比拟未新奇。细看取、屈平陶令[7]，风韵正相宜。微风起，清芬蕴藉，不减酴醿[8]。　渐秋阑[9]、雪清玉瘦，向人无限依依。似愁凝、汉皋解佩[10]，似泪洒、纨扇题诗[11]。朗月清风，浓烟暗雨，天教憔悴度芳姿。纵爱惜、不知从此，留得几多时。人情好，何须更忆，泽畔东篱。

【注释】

1 多丽：又名《鸭头绿》等。《全宋词》所收最早的一首《多丽》系聂冠卿"想人生"一首仄韵词，且此词系由作者以翰林学士的身份，在名公的宴会上即席所赋。此事轰动一时，其对后世的影响可想而知。李清照的这首同调词的写作自然也是在这一背景之后。又因这首李词系五支、七齐、八枝平韵，看来它亦与晁补之《鸭头绿·新秋近》（平韵十四寒的筳、边等）一词有关，与晁端礼（字次膺）《鸭头绿·晚云收》一词所用均为五支等平韵。鉴于晁端礼此词曾为胡仔所揄扬，如《苕溪渔隐丛话》曰："中秋词自东坡《水调歌头》一出，馀词尽废。然其后亦岂无佳词，如晁次膺《鸭头绿》一词，殊清婉。但樽俎间歌喉，以其篇长惮唱，故湮没无闻焉。其词云（略）。"这一评语因出自成书于李清照身后的《苕溪渔隐丛话后集》卷三九《长短句》，说明她是不可能受胡仔上述见解左右的情况下，对前辈的这首好词有所接受、步武的。

2　琼肌：指花瓣像玉一般的白菊。

3　贵妃醉脸：唐李濬《松窗杂录》记载，中书舍人李正封有咏牡丹花诗云："国色朝酣酒，天香夜染衣。"唐明皇很欣赏这两句诗，笑着对他的爱妃杨玉环说："妆镜台前，宜饮以一紫金盏酒，则正封之诗见矣。"此句意谓：杨贵妃醉酒以后的脸蛋儿，就像李正封诗中的牡丹花那样娇艳动人。

4　孙寿愁眉：《后汉书·梁冀传》："妻孙寿，色美而善为妖态，作愁眉、啼妆、堕马髻、折腰步、龋齿笑，以为媚惑。"

5　韩令偷香：韩令，指韩寿。《晋书·贾充传》谓：韩寿本是贾充的属官，美姿容，被贾充女贾午看中，韩逾墙与午私通，午以晋武帝赐充奇香赠韩寿，充发觉后即以女嫁韩。

6　徐娘傅粉：徐娘，指梁元帝的妃子徐昭佩。《南史·梁元帝徐妃传》："妃以帝眇一目，每知帝将至，必为半面妆以俟，帝见则大怒而去。"傅粉，此处当指徐妃

"为半面妆"之故实。

7　屈平：屈原名平，字原，又自名正则，字灵均。陶令：指陶渊明，一名潜，字元亮，曾任彭泽令。

8　酴醾：花名。初夏开白色花。

9　秋阑：秋深。

10　汉皋解佩：汉皋，山名，在今湖北襄阳西北。佩，古人衣带上的玉饰。《太平御览》卷八〇三引《列仙传》云："郑交甫将往楚，道之汉皋台下，有二女，佩两珠，大如荆鸡卵。交甫与之言，曰：'欲子之佩。'二女解与之。既行返顾，二女不见，佩亦失矣。"此处当指男子有外遇。

11　纨扇题诗：纨扇，细绢制成的团扇。班彪之姑班婕妤，有才情，初得汉成帝宠爱，后为赵飞燕所谮，退处长信宫。相传曾作《怨歌行》："新裂齐纨素，皎洁如霜雪。裁为合欢扇，团团似明月。出入君怀袖，动摇微风发。常恐秋节至，凉风夺炎热。弃捐箧笥中，恩情中道绝。"这种被弃女子的慨叹，称为婕妤之叹或婕妤之悲。

【解读】

这是一首地道的咏物词，其特别耐人寻味之处，一是"汉皋"以下三句所涉及到的两个典故，分别指男子有外遇、女子被弃捐。二是"人情好"以下三句的寓意所在：其中"泽畔东篱"指代屈原、陶潜两位爱菊的诗人。"泽畔"语出屈原《渔夫》的"屈原既放，游于江潭，行吟泽畔，颜色憔悴"。其有涉于菊的诗句是："朝饮木兰之坠露兮，夕餐秋菊之落英。""东篱"语出陶渊明《饮酒》诗二十首其五的"采菊东篱下，悠然见南山"。以上三句，字面上是说要是处境好，何必一而再地去回忆屈原、陶潜呢！屈原因为奸邪当道才被流放，陶潜因为不满晋宋之交的黑暗统治才辞官归隐，要是"当今"朝政清明，"我"又何必去回忆屈、陶！然而词人要说的心里话还不止这些，恐怕她是想说：要是夫妻间还像新婚时那么甜蜜美好，我何必去填什么咏菊词呢，更何必在词中使用"解佩"、"纨扇"等与咏菊不相干的有关男遇、女叹之类的典故呢！

从表面看，此词用事用典过于堆砌，几乎成了掉书袋和獭祭鱼，实际很可能是作者故意用一些无关紧要或不相干的故实，来掩盖"泽畔东篱"和"解佩"、"纨扇"这四个涉及内心创伤的重要故实。

凤凰台上忆吹箫[1]

香冷金猊[2],被翻红浪,起来慵自梳头。任宝奁尘满[3],日上帘钩。生怕离怀别苦[4],多少事、欲说还休。新来瘦,非干病酒,不是悲秋。

休休,这回去也,千万遍《阳关》[5],也则难留。念武陵人远,烟锁秦楼[6]。惟有楼前流水,应念我、终日凝眸。凝眸处,从今又添,一段新愁。

【注释】

1 凤凰台上忆吹箫:作为调名始见于晁补之《晁氏琴趣外篇》题作《自金乡之济,至羊山迎次膺》一词,但反意取用《列仙传》萧史、弄玉典事,且将伉俪暌违之意引入此调,则当始于李清照此词。

2 金猊:狮形金属香炉。陆容《菽园杂记》卷二:"金猊,其形似狮,性好火烟,故立于香炉盖上。"

3 宝奁:镜匣的美称。

4 生怕:最怕。

5 阳关:王维《送元二使安西》:"渭城朝雨浥轻尘,客舍青青柳色新。劝君更尽一杯酒,西出阳关无故人。"后以为送别曲。

6 秦楼:指秦穆公女弄玉与恋人萧史所居之楼。(详见《列仙传》)此处借喻李清照、赵明诚之青州居所。

【解读】

　　这首词是写于李清照偕丈夫"屏居乡里十年"结束，赵明诚重返仕途之际。其旨是写临别心神，也就是写作者在丈夫远行前夕难以为别的心情，以及对别后孤寂情状的拟想。

　　此时作者的心情之所以不胜悲苦，问题在于，此时不管赵明诚到哪里做官，均可携眷前往。在作者看来，她和丈夫也应像弄玉、萧史一样随凤飞升，但他却偏偏要她独自留在青州。为此，她可能不止一次地祈求将她带上。而他却不肯答应，她便心灰意冷，什么也不想干了——炉香熄灭了她不管，被子也不叠，太阳老高才起床。起床后，头也懒得梳，贵重的首饰匣上已经落满了灰尘。她口头上说最害怕的是"离怀别苦"，实际上还有更担心的事，话到嘴角又说不出口。她近来这么消瘦，并不是因为饮酒过多沉醉如病，也不是因为悲秋，而是因为作者有难以启齿的隐衷。

　　至于这隐衷是什么，下片也不便直说，却又不能不说，只是隐去了她要跟他走的意思，径说为了留住他，她便反复咏唱宛转凄切的《阳关曲》。然而没有用，他执意要走，即使唱上千万遍《阳关曲》，也留不住。他已经铁了心，也就罢了！这当是"休休"二字的深层语义。按说丈夫出去做官不是坏事，她为什么这样苦苦挽留不愿让他走呢？在此，如果将"烟锁秦楼"之句的用典，理解为《陌上桑》中的好女罗敷所居之楼（王学初先生之语意），那就错解了李清照的原意。她笔下的"秦楼"，当是与秦穆公女弄玉和其夫萧史所居凤台（亦称秦楼）有关，但也不是照搬萧史、弄玉的爱情故事，倒可能同时取意于李白《凤台曲》的"曲在身不返，空馀弄玉名"。在神话故事中，弄玉和萧史共居秦楼十年后，一旦随风比翼飞升，而李清照虽然也曾陪伴丈夫屏居十年，到头来，自己却像被萧史遗弃了的弄玉一样，孤单单地留住在被烟雾笼罩的闺楼之中。

词人以萧史、弄玉故事为典，来写这样的送别词可谓用心良苦。想必她是在感化丈夫不要忘记她另图新欢。特别是"念"字领起的下文，多么委曲动人！她拟想中盼望丈夫归来的急切心情，没人理解。她将终日痴呆呆地瞅着丈夫归来时的必经之处，那种望眼欲穿的样子，或有"天台之遇"的"武陵人"是不会知道的，只有"楼前流水"才是唯一的见证。

这里把作为赵明诚代称的"武陵人"和"天台之遇"相联系，可能让人疑惑。这当中有几个弯子，亦即李清照词的"曲折尽人意"之处。对此不妨略作诠释："武陵"，即指"武陵源"，典出陶潜《桃花源记》。其中说晋太元中武陵郡渔人入桃花源事。故"桃花源"又称"武陵源"。"武陵源"因与"桃花"有关，它又涉及到另外一个神话传说，即刘义庆《幽明录》所载汉刘晨、阮肇入天台山采药遇仙女并与之媾和事。仙女住在河之源头的桃林之中，这片桃林又在今浙江的天台山上。所以，刘、阮与仙女相会事又称"天台之遇"。因为"武陵"和"天台"都与"桃花"有关，而"桃花"在我国古典诗词中又是代表美女的特定意象。此词"念武陵人远"的寓意，说白了就是作者担心丈夫有"天台"、"崔护"（详见《本事诗·情感》）之遇，也就是类似于今天所说的外遇或"桃花运"。丈夫的"桃花运"，往往就是妻子的危难和不幸。身为人妻者在这方面的担心，恐怕在迄今为止的任何时代都不一定是完全多馀的，更何况处在纳妾被视为天经地义、青楼冶游等于家常便饭的赵宋。那时几乎没有平等意义上的夫妻关系可言，即使被认为是"夫妇擅朋友之胜"的赵、李之间，其性爱关系也难免存在着有始无终或有名无实的一面，从而可能给女词人造成了沉重的心理压力。这首词的深婉之意和作者的难言之隐，恐怕正在于此。

念奴娇[1]

春　情

　　萧条庭院，又斜风细雨，重门须闭[2]。宠柳娇花寒食近，种种恼人天气。险韵诗成[3]，扶头酒醒[4]，别是闲滋味。征鸿过尽，万千心事难寄。　　楼上几日春寒，帘垂四面，玉阑干慵倚[5]。被冷香消新梦觉，不许愁人不起。清露晨流，新桐初引[6]，多少游春意。日高烟敛[7]，更看今日晴未[8]。

【注释】

　　1　念奴娇：又名《壶中天慢》等；以苏轼此调之作最著称，亦名《大江东去》；又因此调全首整一百字，宋人因易名为《百字令》。该调在两宋已被广泛传唱，且系音调嘹亮、响遏行云之壮腔高唱。有人统计，《全宋词》此调使用频率达四百八十馀次。

　　2　"又斜风"二句：张志和《渔歌子》："青箬笠，绿蓑衣，斜风细雨不须归。"这里反用其意。重门，多层的门。

　　3　险韵诗：以生僻而又难押之字为韵脚的诗。人觉其险峻而又能化艰僻为平妥，并无凑韵之弊。

4　扶头酒：一说易醉之酒。贺铸《南歌子》有"易醉扶头酒"之句；一说用以消除酒病使头脑扶起而振奋的一种薄酒，多为卯时所饮，故亦称"卯酒"。此处似宜从前说。

5　玉阑干：栏杆的美称。

6　"清露"二句：此系引用《世说新语·赏誉》篇的成句。

7　烟敛：烟收、烟散的意思。烟，这里指像烟一样弥漫在空中的云气。

8　晴未：天气晴了没有？未，同"否"，表示询问。

【解读】

　　对于《漱玉词》的系年虽然多有南辕北辙之误，但对此词写作背景的理解一般都是正确的。也就是说，它是作于赵家人已经离开青州，特别是赵明诚业已外出做官之后。往日大家庭熙熙攘攘的庭院，如今变得冷冷清清，毫无生气。女词人独自留在这里，怎能不倍感寂寞和伤心！

　　事实上，在朝廷给故相赵挺之"落实政策"之后，其遗孀郭氏和她的长子、次子等等，已于政和（1111—1118）初年返回汴京。赵明诚最晚在宣和（1119—1125）三年上半年就离开了青州，到莱州做知州。临行之际，李清照写了《凤凰台上忆吹箫》一词。这首词的真意，既不是单纯的送别，更不是"扯后腿"，而是想跟丈夫一起走。然而他却把她甩下，自己成了走远了的"武陵人"。设身处地地想想看，被视为赵家多馀人的作者，心里该是一种什么样的滋味！所以，此词上片字面上的"斜风细雨"和"种种恼人天气"，那是词人内心苦闷的外化。为了排遣这种苦闷，她故意作那种费事的"险韵诗"、又故意喝那种容易使人醉的"扶头酒"。但是，再难作的诗她也作成了，醉酒的时间再长她也醒过来了。而那种使人烦恼的"天气"，和百无聊赖的心情，并没有改变。由此所派生的"万千心事"，一则无法向丈夫诉说，二则即使诉说他也不一定能听进去。词中所谓"别是闲滋味"，实际上是一种令人难以言传的极为苦涩的滋味。

下片从"楼上"到"不许"五句，与《凤凰台上忆吹箫》上片的涵意几无二致，略有不同的是一谓"被翻红浪"、一谓"被冷香消"。前者是说没有心思整理卧榻；后者意犹"玉枕纱厨，半夜凉初透"，即言其单枕孤眠之苦。紧接下去的"清露晨流，新桐初引"之成句，从字面上只能读出这样的意思：晶莹的露滴和新长出的桐叶，表明春光还未消逝，它还具有使人外出游赏的吸引力。透过这些话，我们仿佛听到了词人如此这般的内心独白——德甫啊，在春秋尚富、春晴有望之时，多么希望与你一同再度携手"游春"、赋诗……结拍二句，仿佛是借天气由恼人的阴雨转为晴朗，来表达词人希望丈夫由对她的疏离转为体贴温馨。

鉴于诗词无达诂，如将此词视为作者正受党争株连时的早期所作，从而将"斜风细雨"、"种种恼人天气"，看做政治气候的隐语;将"日高烟敛"等句的深层语意释为皇帝开恩,似乎亦无不可。又:如果着重从词中"寒食近"一语考虑,此词又不像是在赵明诚赴莱州之后所作。因为在赴莱州那年的寒食前后,他还在青州。所以此词也有可能是在赵明诚离开妻子,与他人一起,多次到青州仰天山、济南灵岩寺,乃至更远的泰山等地,游乐忘返的背景下所作。但绝不是词人晚期的心理外化。

点绛唇

闺　思

寂寞深闺，柔肠一寸愁千缕[1]。惜春春去，几点催花雨。　　倚遍阑干，只是无情绪。人何处[2]，连天芳草，望断归来路[3]。

【注释】

1　"寂寞"二句：此系对韦庄调寄《应天长》二词中有关语句的隐括和新变。韦词详见本词之解读部分。

2　人何处：所思念的人在哪里？此处的"人"，当与《凤凰台上忆吹箫》的"武陵人"及《满庭芳》的"无人到"中的二"人"字同义，皆喻指作者的丈夫赵明诚。

3　"连天"二句：化用《楚辞·招隐士》"王孙游兮不归，春草生兮萋萋"之句意，以表达亟待良人归来之望。

【解读】

此首与《念奴娇》立意差同。写作地点在青州的可能性更大，甚至可以说，这首词的规定情景只能在赵明诚离开青州以后。写作时间大致在清明过后的"花事了"的季节。此词的立意，又与《凤凰台上忆吹箫》有所衔接。也就是说，当初不论是对"武陵人"之"念"，抑或对"烟锁秦楼"的自身孤寂之叹，都还是在拟想之中。但到写这首《点绛唇》时，"人"已远走高飞，闺中更加孤独寂寞，对"人"的思念更加深切。其断肠之"念"，恰与韦庄《应天长》之情思相仿佛。韦词曰：

  绿槐阴里黄莺语，深院无人春昼午。画帘垂，金凤舞，寂寞绣屏香一炷。　　碧天云，无定处，空有梦魂来去。夜夜绿窗风雨，断肠君信否？

  别来半岁音书绝，一寸离肠千万结。难相见，易相别，又是玉楼花似雪。　　暗相思，无处说，惆怅夜来烟月。想得此时情切，泪沾红袖黦。

看来，李清照的这首《点绛唇》，不仅"柔肠"句是对韦词中"一寸"句的隐括，整个作品的立意，韦、李二人的这三首词亦几无二致。李词之于韦词的借取之妙还在于，她写这首《点绛唇》时，恰恰是其夫妻分别"半岁"左右，很可能她也是长达"半岁"没有收到丈夫的来信。这对于"曾经沧海"的赵、李之爱来说，无疑是一个天大的变故，所以她为此所生愁丝竟有"千缕"之多！接下去的"惜春"二句，除了其字面上的意义之外，深层语义当如是说——词人本来像爱惜春天一样，爱惜她和丈夫之间的种种美好感情。但是他这一走，就像风雨催落春花一样，使夫妻感情遭到了挫折！

下片说，主人公久久地倚栏眺望，但却看不到良人的踪影，所以心情很不好。结拍的诘问意谓：你这位"王孙"到底到哪里去了、为何还不归来？其实丈夫到哪里去，词人是一清二楚的、他为何不偕其前往，她心里也有数，只因都是一些难言之隐，不能对他人诉说，就是在词里也不能直接倾吐，只好借《楚辞·招隐士》的意境宛转表达。

　　需要略加说明的是"王孙"二字，其意暗含在"连天芳草，望断归来路"二句之中，以之喻指赵明诚。只是这里是对《招隐士》"王孙"句的反意隐括，因为此时的赵明诚已隐而复仕，早已成了走"远"了的"武陵人"！

蝶恋花[1]

离　情

暖雨晴风初破冻，柳眼梅腮，已觉春心动。酒意诗情谁与共，泪融残粉花钿重。　　乍试夹衫金缕缝，山枕斜欹[2]，枕损钗头凤[3]。独抱浓愁无好梦，夜阑犹剪灯花弄[4]。

【注释】

1　蝶恋花：这一调名取自梁简文帝萧纲《东飞伯劳歌》的"翻阶蛱蝶恋花情"。亦名《鹊踏枝》，冯延巳《阳春集》有《鹊踏枝》十四首，皆为杂言。入宋易名《蝶恋花》（又名《凤栖梧》），其杂言体由晏殊改为《鹊踏枝》。

2　山枕：两头隆起如山形的凹枕。欹：同倚，靠着。

3　钗头凤：古代妇女的一种头饰，钗头作凤凰形。马缟《中华古今注》卷中："始皇又（以）金银作凤头，以玳瑁为脚，号曰凤钗。"

4　夜阑：夜深。

【解读】

此首亦当作于赵明诚屏居十年后重新出仕、李清照独自仍居青州之时。

真挚大胆而又曲折委婉地表达伉俪之情，是李清照的擅场。这首词是作者所谓词"别是一家"理论主张的较完美体现，也就是过去评论者所说的："她不向词的广处开拓，却向词的高处求精；她不必从词的传统范围以外去寻新原料，却只把词的范围以内的原料醇化起来，使成更精致的产物。"（傅东华著《李清照》）诚然，此词的原料是婉约词家常用的良辰美景和离怀别苦，而经过作者的一番浓缩醇化，的确酿出了新意。比如，紧接破题的"柳眼梅腮"，与"绿肥红瘦"、"宠柳娇花"相并列，也可以称得上"易安奇句"（沈际飞《草堂诗馀正集》卷四）。此句之奇，在于意蕴丰富、承前启后，既补充起句的景语，又极为简练地领出了一个春心勃发的思妇形象。正是这个姣好的形象，被离愁折磨得坐卧不安，如痴如迷。到底是谁，值得作者如此思念？词中巧妙的构思和设问，简直收到了如同戏剧悬念般的艺术效果。

词论家在称道此作写景之工的同时，多已注意到词人以乐景衬哀情，倍增其哀的匠心所在。她先大笔渲染冬去春来，雨暖风晴，柳萌梅绽，景色宜人。接着写面对大好春光，之所以无心观赏，是因为没有亲人陪伴，只得独自伤心流泪。宜人的美景、华贵的服饰她全然不顾，在"暖雨晴风"的天气里，竟无情无绪地斜靠在枕头上，任凭首饰枕损。此词感情真挚而细腻，形象鲜明而生动，恰似"蛱蝶穿花，深深款款"（《越缦堂读书记》卷八），贴切地表达了作者的"'一别怀万恨,起坐为不宁'、'忧来如循环,匪席不可卷'"(《柳亭诗话》卷二七)的对亲人深切眷念的情愫。

结句"独抱浓愁无好梦,夜阑犹剪灯花弄",虽不像"人似黄花瘦"和"怎一个愁字了得"等句那样被人传诵,然而,就词意的含蓄传神,以及思妇情思的微妙而言,此句亦颇有意趣。杜甫有"灯花何太喜,酒绿正相亲"(《独酌成诗》)的诗句,相传灯花为喜事的预兆。思妇手弄灯花,比她矢口诉说思念亲人的心事,更耐人寻味,更富感染力。况且此句的含义尚不止于此。无独有偶,沈祖棻《涉江词》有云:"风卷罗幕,凉逼灯花如菽。夜深共谁剪烛?"盼人不归,主人公自然会感到失望和凄苦,这又可以加深上片的"酒意诗情谁与共"的反诘语义,使主题的表达更深沉含蓄。总之,这首词写得蕴藉而不隐晦,妍婉而不靡腻;流畅不失于浅易,怨悱不陷于颓唐:正是一首正宗的婉约词。

陈廷焯曾说:"宋闺秀词自以易安为冠"(《白雨斋词话》卷六)。但他紧接着又说:"葛长庚(道士)词脱尽方外气,李易安词却未能脱尽闺阁气。"如果这是一种微辞,那么,这首《蝶恋花》恰好证明这一隐约的批评是说中了的。这首词确实使人感到闺阁气(包括脂粉气)甚重,但这又是与作者的身世生活有关的。话说回来,要一个封建时代的大家闺秀填词脱掉闺阁气,而且要"脱尽",这哪能做得到呢?

蝶恋花[1]

泪湿罗衣脂粉满,四叠《阳关》,唱到千千遍[2]。人道山长山又断,萧萧微雨闻孤馆。

惜别伤离方寸乱[3],忘了临行,酒盏深和浅。好把音书凭过雁,东莱不似蓬莱远[4]。

【注释】

1 此首系宣和三年(1121)八月,作者赴莱州,途经今山东昌乐县,于驿馆中所作。一本题作《晚止昌乐馆寄姊妹》。

2 "四叠《阳关》"二句:《阳关》指王维《送元二使安西》诗,此诗和乐后成为送别名曲,反复演唱谓之《阳关三叠》。此言"四叠",意谓唱了无数次的送别曲。

3 方寸乱:《三国志·诸葛亮传》(徐庶)云:"今已失老母,方寸乱矣。"方寸,指心。

4 东莱:今之山东莱州。曾名掖县。

【解读】

以往关于李清照的生平均分为前后二期,并谓其在前期生活美满、婚姻幸福。"诸书皆曰与夫同志,故相亲相爱之极"(明郎瑛《七修类稿》卷一七)。这是一种有代表性的看法,但却不完全符合事实。依照二期说,此首无疑系前期作品。此时作者只有三十九岁，离"靖康之变"尚有五年多，离丈夫逝世整整八年。词中所写内容并非伉俪暌违，倒是夫妻即将相见，而且是她自己主动前往，按说其情绪举止应该是"载欣载奔"才是，但词的基调为什么如此悲苦，诚可谓哀感顽艳，凄入肝脾。这一谜底在哪里呢？

愈是对李清照的身世有某种了解的人，愈可能对此词提出疑问，至少是对词题"寄姊妹"持有异议。因为据张耒《李格非墓志铭》，李清照是墓主的长女，她自己在《〈金石录〉后序》中，只说有一"弱弟"，她是没有亲生姊妹的。因此，这里所谓"寄姊妹"，不必指同胞姊妹，也不可能指亲姊妹。但是，李清照当有数位堂姊妹，她们既有从章丘嫁到青州的可能，也有在词人心情欠佳时，从四乡赶来安慰她、为她送行的可能。赵明诚至少有姊妹四人，两位姐姐分别嫁与史姓和王姓，两位妹妹，一位嫁与历城李擢，一位嫁与济源傅察，想必她们同样是与词人有着手足之情的好姊妹，再加上仰慕词人才华的其他女伴，在赵明诚作为"武陵人"走"远"之后，她们都有可能成为李清照精神寄托的对象，甚至与其相濡以沫。词人很珍重这种情谊，遂写了这首感人至深的词。

但凡设身处地地来读这首词，谁都不难想到这样的问题：一个主动前去与丈夫团聚的多情女子，在即将与最亲密、最想念的人见面时，怎么写出了这么一首极端伤感的词？当然，她之所以那么伤心，以至泪水冲掉脸上的脂粉，污染了衣衫，一方面自然是因怀念对她恩义深厚的姊妹；另一个更主要的方面当是担心前程未卜，不知自己到了"东莱"丈夫会怎么对待她！青州到莱州的实际空间，谈不上那么山高水长。词中所云"人道山长山又断"，当是喻指前不着村后不着店的心理空间。丈夫与她之间已有了某种阻隔，眼下又离别了姊妹，孤馆闻雨，凄苦无似！这当是上片所蕴含的词人的心中块垒。

下片写她临行时乱了方寸，以至忘记喝了多少酒。这其中亦当别有寓意，即她是身在离筵，心里却悬挂着——自己即使到了丈夫身边，倘若他把她视为不受欢迎的人，该如何是好！心里藏着这样的难言之隐，其"方寸"如何不乱？这种难言之隐，也就是词人不得不加以隐匿的心志和词旨。

李清照写作此词时的苦心，除了以山高水长之意喻指心理距离以外，结拍的"好把音书凭过雁，东莱不似蓬莱远"二句中，恐怕也隐含着她的一段心事。此二句尽管字面上可意译为："姐妹们别忘了给我写信，莱州不像蓬莱那么遥远。"但其深层语义却要委婉丰富得多，可否这样理解：对姐妹们的雁书，词人看得很珍重，她绝不会像她们那个作为"武陵人"的姐（妹）夫那样，词人给她写了那么多信，竟如石沉大海，只字不回。原因是他置身"蓬莱"，向往的是"武陵源"，哪里还把"老妻"放在心上！假如他仍然冷遇她，那么她到"东莱"后的唯一希望和安慰，就是收到姐妹们的信涵。

这里需要进一步解释和阐发的是有关"蓬莱"之事。对此,注家或引《史记·封禅书》,或引《汉书·郊祀志》,认为是指渤海中的蓬莱、方丈、瀛洲三神山。这样注释虽不能算错,但对于李清照所赋予它的特定含义来说,谓此"蓬莱"为一神山仍不够确切。其原因乃是把"蓬莱"只作为一般的典故看,没有看到在那上面沾有李清照的"指纹"。看来这首《蝶恋花》中的"蓬莱",与李清照前此不久所写的《凤凰台上忆吹箫》中的"武陵"同义,所蓄之旨,都是妻子担心丈夫有"天台之遇"。同一个赵明诚,既然彼时可以把他称为"武陵人",此时为何不可以称为"蓬莱"客呢?不管彼时抑或此时,词人最担心的都是丈夫可能与刘、阮为伍。惟因词写得深婉,怨情被离情掩盖了而已!

声声慢[1]

寻寻觅觅，冷冷清清，凄凄惨惨戚戚[2]。乍暖还寒时候[3]，最难将息[4]。三杯两盏淡酒，怎敌他、晓来风急[5]。雁过也，正伤心，却是旧时相识[6]。　　满地黄花堆积，憔悴损，如今有谁堪摘[7]。守着窗儿，独自怎生得黑[8]。梧桐更兼细雨，到黄昏、点点滴滴。这次第[9]，怎一个、愁字了得[10]。

【注释】

1 声声慢：又名《凤求凰》，其与贺铸"殷勤彩凤求凰"句有关，而贺词又是用司马相如"琴挑"卓文君事。想来，李清照此词的曲折所尽之意，当是作者要把自己的内心苦衷，歌给当初梦寐以求欲作"词女""之夫"的赵明诚听！一首词的选调，与其立意往往密切相关。立意，也就是题旨，它又是作者的词学观念的直接体现。李清照主张词"别是一家"，它并非像诗文那样直接关注江山社稷而擅写儿女情长。所以此首顺理成章的应是与"凤求凰"有关的本意词。这样，关于此词的写作时间，就不是以往人们所说的作于晚年，而应是作于词人在青、莱时期的中年。但是，对此词的系年，历来竟有种种阴差阳错、误解多多。比如：俞正燮《易安居士事辑》尝谓："《贵耳集》云'是晚年作',非也。"俞正燮断言"寻寻觅觅"一词非作者晚年所作,洵为中肯之见,但是,实际上,张端义《贵耳集》卷上只说"晚年赋《元宵·永遇乐》词",并非说《秋词·声声慢》也是"晚年"所作。先是俞正燮误解了张端义,而后世论者却摒弃俞氏"非晚年作"的中肯之见,想当然地把李词《声声慢》中的"雁过也",等同于朱敦儒南渡以后的"年年看塞雁,一十四番回";把"梧桐更兼细雨"以下数句,与张炎的"只有一枝梧叶,不知多少秋声"等等忧伤国事之作加以相提并论,那么这首《声声慢》也就成了从"靖康之变"后推至少"一十四年"的李清照"晚年"之作了。这显然是一种误解!而形成这种误解的主要原因是:对李清照的身世和心态未加深究,总以为她前期生活无比美满,其悲苦之作自然是写于极其凄凉的晚年……

2　"寻寻觅觅"三句:此词起拍连用十四叠字,既令词家倾倒,亦为历代论词者所称道,并公认这在形式技巧上是奇笔,谓其前无古人,后无来者。其实,此十四叠字,既是作者本人独特心态的写照,亦有其对韩偓《丙寅二月……》诗中"凄凄恻恻又微颦"等句的一定取义和隐括。

3　乍暖还寒:脱胎于张先《青门引》的"乍暖还轻冷"之句,谓天气忽冷忽暖。

4　将息:保养休息。

5　晓来:今本或作"晚来",疑误。造成这一错误的缘由当是受到不够可靠版本的影响所致。始作俑者恐怕是在明代被推为著述第一的杨慎,他在尚未看到《漱玉集》的情况下,不知从哪里抄录了这首《声声慢》,其《词品》卷二引述此词时,第七句便作"怎敌他晚来风急"。在这类版本的影响下,人们便以为此词是写作者"黄昏"时一段时间的感受。因"晓"字与下片的"黄昏"相抵牾,即便是《词综》及其前后的约十几种版本皆作"晓来风急",亦未引起应有注意,以致今人的版本和论著,除俞平伯、唐圭璋、吴小如、刘乃昌等很少数几家外,多作"晚来风急"。这里特别值得一提的是梁令娴《艺蘅馆词选》,此句不仅作"晓来风急",并附有其父梁启超这样一段眉批:"这首词写从早到晚一天的实感。那种茕独凄惶的景况,非本人不能领略,所以一字一泪,都是咬着牙根咽下。"这几句话,对词旨阐释得深入浅出尚且不说,更要紧的是它走出了此词流传中的一大误区。"从早到晚",也就是词中的由"晓来"到"黄昏"云云。只有版本可靠,才能正确地解读原作。对这首《声声慢》来说,其第七句只有作"晓来风急"时,才有可能发现此句当系取义于《诗·终风》篇的"终风且暴"句。《终风》篇的题旨有二说,一是《诗序》谓:"《终风》,卫庄姜伤己也。遭州吁之暴,见侮慢而不能正也。"二是《诗集传》云:"庄公之为人,狂荡暴疾,庄姜盖不忍斥言之,故但以'终风且暴'为比。"今天看此二说均有牵强之处,且第二种说法李清照无缘看到。但对第一种说法,她当与多数古人一样,恐怕是深信不疑的。况且她能够读到的尚有《左传·隐公三年》的这类说法：卫庄公娶于齐东宫得臣之妹，曰庄姜，美而无子，卫人所为赋《硕人》；《诗序》谓，庄公宠幸其妾，冷遇庄姜，故庄姜无子，国人闵之，为作此诗。不要说李清照，在她之后近千年的朱自清也相信此说，并认为"《硕人》篇要歌给庄公听"（《诗言志辨》）。李清照将那些与自己身世有关的材料，在词中加以隐括，从而歌给赵明诚听，这不是没有可能的。再从训诂方面看，"终风且暴"，王引之《述异》曰："终，犹既也。"《毛传》曰："暴，疾也。"《尔雅·释天》："日出而风曰暴。"孙炎曰："阴云不兴而大风暴起，然则为风之暴疾。故云……疾也。"至此意思甚明，"日出而风曰暴"，"暴"又作"疾"解，那么"暴"也就是"晓来风急"的意思。词人以此暗喻自己与庄姜相类似的"无嗣"和何以"无嗣"，可谓用心良苦！

6　"雁过也"三句：似化用赵嘏《寒塘》诗："乡心正无限，一雁度南楼"、吴均《赠杜容成》诗："一燕海上来，一燕高堂息。一朝相逢遇，依然旧相识。"李词的这三句意谓，正伤心时，有雁群飞过，原来这是替词人带过信的"旧时相识"。

7　有谁堪摘：言无甚可摘。谁，何，什么。

8　怎生：怎样，如何。

9　这次第：这情形，这光景。

10　怎一个、愁字了得：意谓词人本来就"伤心"地

"寻觅"和等待"良人"归来，但从"晓来"到"黄昏"，"良人"未归，却又秋雨连绵，点点滴滴打落在梧桐上。"人"不归来，天不作美，词人又要"独自"等待。此情此景，不是一个"愁"字所能概括得了的。

【解读】

笔者之所以认定此词当作于青州后期或乍到莱州期间，除了以上注释中的理由，还有以下几点提请读者参考：

第一，词中有与"玉阑干慵倚"（《念奴娇》）和"望断归来路"（《点绛唇·闺思》）等寓意差同的"守着窗儿，独自怎生得黑"的明显的"等人"语，而其等待和寻觅的不是别人，正是词人在《凤凰台上忆吹箫》中"千万遍《阳关》，也则难留"的、走"远"了的"武陵人"——赵明诚！故此词当写于作者丈夫健在的中年时期。

第二，李清照不仅提出词"别是一家"的理论主张，并在其前、中期的创作中严格遵守，故此时所作词中一无乡国之意、惟有儿女情事——丈夫的"武陵"之行和自己的"被疏无嗣"等等。这既是人生中最高尚、最强烈的痛苦，又是个人的难言之隐，此类事只要露出一点儿痕迹，也会被认为"不雅"。成书于李清照六十三岁时的《乐府雅词》，之所以没有收录这首《声声慢》，绝不是因为此词写于《乐府雅词》成书之后，当主要是因为涉及隐衷，而被视为"不雅"所致。

第三，此词基调不胜悲苦，主要是由于所写内容系被马克思所认为的痛苦中最痛苦的爱情痛苦，这当然有甚于嫠纬之忧和悼亡之悲。诗词中有时被作为夫妻双双生命象征的"梧桐"意象，在此词中只是处于"梧桐更兼细雨"的困境之中，而未沦为"飘落"之时。这种困境不是指生命的陨灭，只是象征处境的难堪，而这又与当时主人公的心境十分吻合。对于梧桐的"飘落"和"半死"在诗词中含有悼亡之意，看来李清照是十分清楚的，所以在她有涉于梧桐意象的四首词中，掌握得极有分寸。只有赵明诚病故，她所写的悼亡词《忆秦娥》中，始用"梧桐落"这一真正含有悼亡之意的意象。把"细雨"中的"梧桐"视为悼亡意象，当是导致误解此词的主要缘由之一。

第四，在解读《漱玉词》的过程中，不时涉及到"被疏无嗣"、"庄姜之悲"等等，联系这首《声声慢》，对其来龙去脉交代如下：

庄姜其人约生活于公元前757年前后，即春秋前期。她是齐庄公的女儿，嫁与卫庄公。周朝的齐国为姜姓，故称卫庄姜。她是我国第一个独自抒写其隐衷的女诗人。庄姜美而无子，庄公又娶陈国厉妫、戴妫姊妹。厉妫生子孝伯，早卒；戴妫生子名完，庄姜以为己子，完被立为太子。卫庄公另有宠妾，生子州吁。州吁好兵，其母恃宠骄僭。庄姜贤而被疏，终以无子。其所作《诗·邶风·绿衣》，以黄、绿二色颠倒，喻其被庄公嬖妾僭越之怨。卫庄公卒后，太子完继位，是为卫桓公。州吁骄纵，为桓公所废逃亡国外。后纠集流亡卫人回国弑桓公，自立为卫君。桓公被杀后，其母戴妫被遣归陈国，时值三四月间。庄姜为戴妫送行之际，正莺燕纷飞之时，她托物寄兴，赋《燕燕》篇。《诗序》谓此篇系卫庄姜送归妾戴妫所作。《诗·燕燕》与其首句"燕燕于飞"，是我国首屈一指的送别名篇名句。在《诗·邶风》的十九首中，收载卫庄姜诗四首，除上述《绿衣》、《燕燕》外，尚有《日明》、《终风》二首。四首均系怨悱之辞，后者更是女子抒写其被疏无嗣之篇，其首句"终风且暴"，可释为：破晓时分既风且疾。李清照将卫庄姜的一些较契合于自己身世之事，隐括于其《声声慢》词作"晓来风急"。所以此词之旨既非亡国之痛，亦非嫠纬之忧，而是以"铺叙"之法，表达词人从"晓来"到"黄昏"，寻觅和等待良人，而不见其踪影的难言之隐因而词中作"晓来风急"，则顺理成章，如作"晚来风急"，则是以讹传讹，恐有悖于词人初衷。

自从上世纪八十年代中后期，有关李清照的数种拙编著相继问世以来，对其中"心解"、"破译"的李清照的某些"内心隐秘"，至今仍有争议。与这首《声声慢》有关的主要是"被疏"和"无嗣"。后者见于洪适《隶释》所云"赵君无嗣"，而"被疏无嗣"原本是人们对卫庄姜身世若干说法的一种，以之与李清照挂钩则是比拟性的。从"晓来风急"句所隐含的典故看，李清照当是尝以庄姜自比。但比喻多非"全方位"契合，在"被疏"和"歌给其夫君听"等方面二人极为相像，至于"无嗣"的原因，姜、李或许迥然不同……对这一切，笔者虽然有所"意会"，或因没有表述清楚，或不该囫囵个地写成"被疏无嗣"，而应该一码是一码地分别写作"被疏"、"无嗣"，这样或许可以避免以上的纷争和误解。

与卫庄姜有所不同，对李清照而言，虽然可以说"无嗣"和"被疏"是互为因果的，但在笔者把李清照作为思想家看待时，着眼点主要不是导致她有无子嗣的那种生理上的亲疏，而着重"破译"的是导致其作品悲苦无似的症结所在。事实上，在她一到赵家不久就因新旧党争而可能被打入"另册"。在那种特定的社会政治背景下，疏远她的不一定或不仅是赵明诚，而主要是赵挺之。赵、李两家联姻，对赵挺之来说，本来有着相当浓重的政治色彩。适得其反的是，这门亲事不但没有收到一荣俱荣的政治效果，反倒在转瞬间成了利害关系完全对立的政敌。除此之外，在宋、金间的战、和问题上，李清照不仅与赵宋王朝唱反调，她与赵姓婆家及其亲友（如赵明诚的妹婿李擢等）也是格格不入的。这一系列问题，不是通过这首《声声慢》，也不是局限于对《漱玉词》的解读，而主要是通过对李清照及其诗文以及有关时代背景的深入探索，才有可能得到较完满地解决。

蝶恋花

上巳召亲族[1]

永夜恹恹欢意少[2],空梦长安[3],认取长安道[4]。为报今年春色好,花光月影宜相照。

随意杯盘虽草草,酒美梅酸,恰称人怀抱[5]。醉莫插花花莫笑,可怜春似人将老。

【注释】

1 上巳:节日名。秦汉时,以阴历三月上旬巳日为"上巳"(详见《后汉书·礼仪志上》)。魏晋以后改为三月三日。

2 恹恹:精神不振貌。

3 长安:原为汉唐故都,这里代指北宋都城汴京。

4 认取:认得。

5 杯盘:指酒食。梅:古代所必需的调味品。此三句意谓酒席虽简单,但很合口味。

【解读】

宋钦宗靖康二年三月,赵明诚由淄州奔母丧至江宁(今江苏南京)。同年四月北宋亡,五月,宋徽宗第九子康王赵构即位于南京(今河南商丘)应天府之正厅,改元建炎，史称南宋，赵构谥号高宗。赵构继位时信誓旦旦，要收复失地。实际上是遏制抗战，奉行投降主义，一路逃跑，不久即以江宁为行在，丢弃了北方的大片国土。这就是李清照写作此首《蝶恋花》的时代政治背景。时代是苦难衰败的，但是赵家却在"振兴"，三兄弟相继复官晋升。至建炎元年七月，赵明诚起知江宁府，兼江东经制副使，八月即到任，成为江宁重镇的最高长官。这时李清照还在青州，她正夜以继日地挑选文物以备南运江宁。不料，是年十二月青州发生兵变，赵家十馀屋的文物收藏化为灰烬。李清照死里逃生，携《赵氏神妙帖》途经镇江遇盗掠勿失，将这一出自蔡襄之手的极为珍贵的书帖完璧归"赵"。为此，赵明诚对"老妻"感戴不已！这是建炎二年（1128）初春的事。

第一次来到金陵故都，李清照的心里很不平静。她常常在雪天，身披蓑衣、头戴斗笠，登高以觅诗。以往人们将李清照的这一举动，每每理解为文士雅兴或闲情逸致。其实，她在登高远眺之际，怎么能不想到战乱中的故乡和沦陷了的北方国土！她所寻觅的是伤时忧国之歌的素材，这在她不久所写的若干诗句中可以得到证实。

转瞬冰澌雪霁，时近阳春三月。"靖康之变"以前，在今山东济南一带，居住着赵、李两家的许多亲友，如今已纷纷逃往江南避难。在赵明诚膺任江宁知府的消息传开后，不少亲族便来到江宁。注重礼仪的赵家三兄弟，从善如流般地接受了李清照的建议，于"上巳"日设家宴招待相继南来的诸亲友。按照李清照《〈金石录〉后序》的记载，赵家南渡后，仅在江宁的家什就包括官窑瓷器和锦绣被褥，足足可以接待一百位客人，所以此次家宴的规模可想而知。但是此词没有着意描述家宴的排场，倒很可能具有"新亭对泣"的气氛。对此，细审词意当可得知。仅从字面上，亦可看出。

　　此词虽将作者近一年来所经历的苦乐参半之事，同时诉诸悲苦之言和欢愉之辞，但令人深思的还是起拍三句：此时此刻，作为江宁"第一夫人"的主人公，她之所以精神不振，就是因为常常梦见国都"长安"，也认得去"长安"的道路，但却总是落空，无法回到自己日思夜梦的京都"长安"。前三句如此，结拍的感慨当是"年年岁岁花相似，岁岁年年人不同"。不仅如此，细想，此句很可能是对词人初婚时，所作《减字木兰花》结拍的反意照应——彼时她把花斜插在"云鬟"上，叫"郎""比并"相看，娇嗔地问他：是花好看，还是自己的脸蛋儿好看？如今，花朵依旧春意盎然，自己却老之将至，再也不愿把花往头上"斜簪"了。

临江仙 并序[1]

欧阳公作《蝶恋花》[2],有深深深几许之句,予酷爱之。用其语作庭院深深数阕,其声即旧《临江仙》也。

庭院深深深几许,云窗雾阁常扃[3]。柳梢梅萼渐分明,春归秣陵树,人老建康城[4]。　　感月吟风多少事,如今老去无成。谁怜憔悴更凋零,试灯无意思[5],踏雪没心情[6]。

【注释】

1　临江仙:又名《庭院深深》等,其缘起歧说甚多。一说此调"多赋水媛江妃"故名;一说"唐词多缘题,所赋《临江仙》则言仙事,《女冠子》则述道情,《河渎神》则咏祠庙。大概不失本题之意"(黄昇《花庵词选》卷一)。李清照此词当作于建炎三年(1129)元宵节前后,是一首感叹身世、曲折地表达隐衷之作。

2　欧阳公作《蝶恋花》:欧阳修作《蝶恋花》词:"庭院深深深几许,杨柳堆烟,帘幕无重数。玉勒雕鞍游冶处,楼高不见章台路。　　雨横风狂三月暮,门掩黄昏,无计留春住。泪眼问花花不语,乱红飞过秋千去。"

3　云窗雾阁:语出韩愈《华山女》诗:"云窗雾阁事

恍惚，重重翠幔深金屏。"后张炎《朝中措》词又有句云："燕帘莺户，云窗雾阁。"此以云雾缭绕喻楼阁之高。扃：关锁。

4　秣陵、建康：均指今江苏南京，作为古都宅历代数次更名。楚威王以其地有王气，埋金镇之，名曰"金陵"。"秣陵"系秦始皇所改，东汉孙权迁都于此改名建业。晋初又改名秣陵。后分秦淮河南为秣陵，北为建邺。建兴元年（313），因避晋愍帝司马邺讳改名建康。北宋时称江宁，南宋高宗建炎三年（1129）五月又改称建康。此处说明李清照用语既有根据，又灵活多变。

5　试灯：我国阴历正月十五日为元宵节，晚上张灯结彩，以祈丰年。十四日张灯预赏，谓试灯日。

6　踏雪：指作者雪天顶笠披蓑，循城远览觅诗之事。据周煇《清波杂志》卷八记载："……顷见易安族人，言明诚在建康日，易安每值天大雪，即顶笠披蓑，循城远览以寻诗，得句必邀其夫赓和，明诚每苦之也……"

【解读】

李清照在《词论》中，曾对欧阳修等人的词表示不满云："至晏元献、欧阳永叔、苏子瞻，学际天人，作为小歌词，直如酌蠡水于大海，然皆句读不葺之诗尔，又往往不协音律。"这里虽然在音、声方面对欧阳修的批评不无苛求之嫌，但做为名公大臣，欧阳修热衷于作"小歌词"，这在当时被认为是不够光彩的事，况且欧词，特别是其

《醉翁琴趣外篇》还被认为："鄙亵之语，往往而是，不止一、二也。"（《吴礼部诗话》）这种对于欧词的尖锐批评，虽然出自李清照不得而知的后人之口，但欧词本身的这类问题却是早已存在了的。对于致力于词的纯洁和尊严的李清照来说，对这类问题表示不满，洵为顺理成章之事。那么，她为什么又说"酷爱"欧句、怎样理解这种前后龃龉之说呢？

原来其中有词人的一段令人不易觉察的内心隐秘，即欧词中的女主人公既与班婕妤的命运相类似，也与常年被锁在危楼高阁中的李清照有某种同病相怜之处。同时，欧词中所写的那个乘坐着华贵的车骑的"章台""游冶"者，恐怕正是词人所担心的自己丈夫所步之后尘。原来在这里她是借"醉翁"的酒杯浇自己的块垒。所以其不满和"酷爱"欧词，各有道理，不是一码事的前后矛盾。

这首词最耐人寻味的是"感月吟风多少事，如今老去无成"二句。上句当指李清照偕丈夫在青州时，花前月下相从赋诗等标志着其夫妇情深意切的诸多往事，而对下句的"无成"，却不能理解为："词人在感叹事业无成！"因为彼时的女子谈不上事业有成无成，这当是作者自叹年华已去、丈夫又甘作月下不归的"武陵人"，自己再无生儿育女之望，故谓"无成"！她一再重复的"老"字，主要当是指生育年龄，实际上她当时至多四十七岁。看来这首词所隐含的是一种有甚于"婕妤之叹"的"庄姜之悲"。而"庄姜之悲"又是"婕妤之叹"的自然后果。简而言之,就是指女子的命运类似于春秋前期的卫庄姜,她因被卫庄公疏远而无亲生子嗣。正因为笼罩词人内心世界的是这样深重而难言的苦衷,所以连正月十四日预赏花灯和踏雪寻诗这样的雅兴,亦不复存在了。

诉衷情[1]

夜来沉醉卸妆迟,梅萼插残枝[2]。酒醒熏破春睡,梦远不成归。　　人悄悄,月依依,翠帘垂[3]。更挼残蕊,更捻馀香[4],更得些时。

【注释】

1　诉衷情:又名《桃花水》、《试周郎》。李清照此词题旨与调名本意相近。一说调名或取自《离骚》:"众不可户说兮,孰云察余之中情?世并举而好朋兮,夫何茕独而不予听?"

2　"夜来"二句:此二句中的"沉醉"云云,当系化用《诗·邶风·柏舟》的"微我无酒,以敖以游"二句。梅萼,梅的萼片,此处代指梅。

3　"人悄悄"三句:既是化用《诗·邶风·柏舟》的"忧心悄悄"等等的句意,亦可能同时对顾敻《献衷心》一词(其词云:"绣鸳鸯帐暖,画孔雀屏欹。人悄悄,月明时。想昔年欢笑,恨今日分离。银釭背,铜漏永,阻佳期。　　小炉烟细,虚阁帘垂。几多心事,暗地思惟。被娇娥牵役,梦魂如痴。金闺里,山枕上,始应知。")有所取意。

4　挼:当揉搓讲。捻:用手搓转,如捻麻绳,其揉搓程度比"挼"更进一层。

【解读】

　　此首当系赵明诚做江宁知府期间（1127年8月至1129年2月），是李清照所作的数首闺怨词之一。称此首为"闺怨词"，或有论者为之哗然，而笔者的这一看法是根据此词中的用典得出的。尽管这类典故像溶于水的盐一样，几乎无影无踪，但如果不从这类典故说起，就很难了解作者的内心，遂误以为词人借酒浇愁至于"沉醉"，完全是思念故国故家所致。这是作者用的障眼法。

　　词的起拍二句所化用的"微我无酒，以敖以游"之句意，古今的理解多有分歧。但词人很可能是受到刘向《列女传》的影响，相信《柏舟》篇是一女子所作。平心而论，这一理解，要比汉唐某些旧解更切实际。尽管李清照不大可能见到朱熹《诗序辨说》对《柏舟》题旨的见解，说朱熹受到李清照的影响也很玄，可能性较大的是不谋而合。朱熹不仅以为《柏舟》确系女子所写，并进而指出：此系妇人不得于夫而作。这简直是说出了李清照不敢明说的内心怨言。惟其不敢明言，才在起拍借用"微我"二句委曲道之。"微我无酒，以敖以游"二句，在《柏舟》篇的原意是：不是要喝没有酒，也不是想游无处游，而是我心中别有隐忧。李清照笔下的"夜来"二句则意谓：昨夜我喝得沉醉不醒，以致首饰卸迟、梅妆凋残，那是因为我正像《柏舟》篇的作者一样，心中亦有隐忧的缘故。

　　"酒醒熏破春睡，梦远不成归"二句的表层语义是说，酒劲渐消，梅花的浓香将我从春睡中熏醒，使我不能在梦中返回日夜思念的遥远故乡，而其深层语义则当是这样的：梅的香气把人熏醒，不得返回故里重温往日夫妻恩爱的美梦。对于这种解释很可能有不同看法，认为这是无视此词的思想意义，把李清照的家国之感，竟当成儿女私情！

不能这样看。不是说词人不忧国不思乡，而是按照她词"别是一家"的观点，其忧国思乡等等能够摆到桌面上的庄重情思，主要是诉诸诗、文。在赵明诚去世之前的现存《漱玉词》中，除了二、三首风物、时令词和仅见的一首寿诞词，其他几乎全是抒发儿女私情，何况《诉衷情》这一词牌又名《桃花水》，李清照此词所承续的当是《花间集》中毛文锡的两首同调儿女情事词。

在这里有必要赘言的是，解读《漱玉词》有一点须特别留意，即李清照与男性作者很不一样。他们往往把政治抱负托之于"美人香草"、把怀才不遇寓之于儿女情怨。如果说秦少游把他日思夜想的"苏门"师友，有意说成是他与"玉楼"佳丽和"东邻"靓女的藕丝之连，那么，李清照则往往故将其内心怀恋的伉俪亲情，托之以故国旧家之思。再者，作为解读此类作品钥匙的，更有一段马克思的人情味很浓的名言，其大意是：痛苦中最高尚、最强烈、最个人的，乃是爱情的痛苦！此词的结拍更加雄辩地说明，如果是亡国之痛，她哪能眼巴巴地用消磨时间来等待痛苦的缓解呢？很显然，在这里作为思妇的主人公，她手捻"馀香"所等待的只能是"良人"！

"人悄悄"当是化用《柏舟》篇的"忧心悄悄"之句意,极言忧愁之深。如果把"人悄悄,月依依,翠帘垂"合解,其意当是:帘幕低垂,明月多情,照我"无眠"。如果以流行语译之则是,你问我忧愁有多深,明月知道我的心!

"更挼残蕊",与以下将要涉及的《清平乐》的"挼梅"意象垺同,它是以冯延巳《谒金门》一词所刻画的那个"终日望君君不至"的宫女的"手挼"之物为典的,只不过宫女的纤手所揉搓的是"红杏蕊"罢了。此词的最后三句意思是,作者用揉搓残梅来消磨难熬的时光。言外之意当是:从沉醉到酒醒,从天黑到夜深,丈夫迟迟不归,词人则想方设法拖延些时间,殷切等待。李词之于冯词等既有借取,更有发展,她在自诉"婕妤之怨"时极为含蓄空灵。同样是"望君",无言地等待更深沉、更耐人寻味——因为这时词人的心事远不止丈夫对她本人情意如何的问题。在实际生活中,赵明诚已不同于当初的那个重情笃学的夫君加"同志"的"人"了。"六朝金粉"之都的靡丽繁华之景,不仅使他沾染了纨袴之习,更叫她脸上无光的是他还曾"缒城宵遁"临乱逃脱和将他人的贵重书画留作己有……在一定的时代和心理背景下,李清照的这首《诉衷情》,不仅比《柏舟》、"花间"、南唐诸作有青蓝之胜,究其底蕴,其中兼含多种伤心断肠之事,这比单纯的"婕妤之叹"更为难堪。

鹧鸪天

寒日萧萧上琐窗[1]，梧桐应恨夜来霜。酒阑更喜团茶苦[2]，梦断偏宜瑞脑香。　　秋已尽，日犹长，仲宣怀远更凄凉[3]。不如随分尊前醉[4]，莫负东篱菊蕊黄[5]。

【注释】

1 萧萧：冷落萧索的样子。琐窗：雕刻有连环图案的窗子。多本作锁窗，当以琐窗为胜。

2 酒阑：酒尽，酒酣。团茶：这里指一种特制的贵重茶饼。欧阳修《归田录》卷二："茶之品，莫贵于龙凤，谓之团茶，凡八饼重一斤。"

3 仲宣：王粲字，东汉山阳高平（今山东金乡）人。以诗赋见长，"建安七子"之一。十七岁避乱往依荆州牧刘表，以其貌不扬、体弱多病，不被重用，作《登楼赋》抒发思念故乡和怀才不遇的心情。

4 随分：犹随便。尊前：指宴席上。尊，同"樽"。

5 东篱菊蕊黄：化用陶潜《饮酒二十首》其五的"采菊东篱下"句。

【解读】

此首当写于建炎二年（1128）秋。是时赵明诚尚在江宁知府任，但李清照此作的基调却很低沉。词中既有家国之念，亦隐含身世之叹。如果说《淮海词》中多有将身世之感打并入艳情之作，那么李清照的这首词，是继其《蝶恋花·上巳召亲族》一类作品之后的、又一首将身世之叹打并于家国之思的词作。这类词的意义还在于它突破了作者原有的诗、词界限，使家国之念在被儿女私情所盘踞的《漱玉词》中，开始占有重要空间。

词之首句以"寒"字形容日光，加上第二句的霜打梧桐之景，可见已时至深秋。住着建造精美的房舍、饮用着高档酒水的女主人公，她在精神上为什么那样痛苦，以至感到度日如年、比《登楼赋》作者王粲更感凄凉？现存《漱玉词》中至少有两首涉及到王粲。另一首就是北宋时所写的《满庭芳》。那时作者尚无家国之念，她的心情与作《登楼赋》时的王粲不一样，故云："何必临水登楼。"而此时的李清照既有往日的"婕妤之叹"，又有眼下的家国之念。所以下片的"仲宣怀远更凄凉"一句，实际上是讲她自己当时的处境比王粲更"凄凉"！

结拍的"东篱菊蕊黄"，承上句的随意醉酒之意，令人深感词人的万般无奈。她既想旷达饮酒以避乱世，提到"东篱"，又怎能不想到其"黄花比瘦"之句所隐含的身世之戚！

菩萨蛮[1]

归鸿声断残云碧，背窗雪落炉烟直。烛底凤钗明[2]，钗头人胜轻[3]。　　角声催晓漏[4]，曙色回牛斗[5]。春意看花难，西风留旧寒。

【注释】

1　菩萨蛮：对于这一调名的来历，众说纷纭：其一以为创于唐开元、天宝间，而云《菩萨蛮》其调乃古缅甸乐，开元、天宝间传入中国，因李白为氐人，幼时即受西南音乐影响。开、天年间李白流落荆楚，路经鼎州沧水驿楼，登楼远眺，触发故乡之思，遂以故乡之旧调作《菩萨蛮》词（参见近人杨宪益《零墨新笺》之说）。其二以为敦煌曲《菩萨蛮》为唐德宗建中（780—805）初年所作。其三以为创于唐宣宗（847—859）时，比如王灼《碧鸡漫志》卷五引《南部新书》及《杜阳杂编》云："大中初，女蛮国入贡，危髻金冠，缨络被体，号菩萨蛮队，遂制此曲。当时倡优李可及作《菩萨蛮队舞》，文士亦往往声其词。"又引《北梦琐言》云："宣宗爱唱《菩萨蛮》词，令狐相国假温飞卿新撰密进之，戒以勿泄，而遽言于人，由是疏之。"

2　凤钗：见前《蝶恋花》（暖雨晴风初破冻）注3。

3　人胜：剪成人形的头饰。《荆楚岁时记》："正月七日为人日。以七种菜为羹，剪彩为人，或镂金薄（箔）为人，以贴屏风，亦戴之头鬓。"其俗始于晋唐，详见李商隐《人日》诗。

4　角：古代军中的一种乐器。此处含有敌兵南逼之意。漏：古代滴水计时的器具。

5　牛、斗：两个星宿名。

【解读】

此首作于词人避难江宁期间。

这一天是正月初七"人日"节。词人就在阴沉的天空中目送归鸿，而且直到雁群飞远、听不到声音为止，莫非她是想托大雁带去她的一片乡情？从后窗看出去，但见雪花在纷纷飘落、炊烟袅袅直上。白天就这样随着一种浓重的乡情远去了。晚上点燃灯烛，钗头凤闪闪发光，应时的首饰人胜也显得很轻巧。

但是，这一夜并不平静，不时传来军中的号角之声，直到天已放亮，牛、斗两个星宿渐渐隐去。本来人日过后，春天来临，百花竞放，但是今年却西风劲吹，寒气未消，百花难以开放。这是字面上的意思。内在含义当指军乐声声，敌兵紧逼，江宁危急，往日平静安定的生活难以为继。

菩萨蛮

风柔日薄春犹早[1],夹衫乍著心情好。睡起觉微寒,梅花鬓上残[2]。　　故乡何处是,忘了除非醉。沉水卧时烧[3],香消酒未消。

【注释】

1　日薄:谓早春阳光和煦宜人。

2　梅花:此处当指插在鬓角上的春梅。一说指梅花妆。《太平御览》卷九七〇引《宋书》,谓南朝宋武帝女寿阳公主人日卧于含章殿檐下,梅花落额上,成五出之花,拂之不去,自后有梅花妆。

3　沉水:即沉水香。

【解读】

这虽然是南渡以后的作品,但从中却读不出泉路相隔或悼亡之意。又因词人离开故乡南渡,首先到达的是江宁(后改称建康)。李清照居江宁只有一年多,那么此词当作于赵明诚罢离江宁以前。赵于建炎三年(1129)二月被罢,三月迁离。这段时间即可作为李清照此类词写作的下限。

南宋初年,自然界的早春,东风柔和,天气渐暖,乍换春装,女主人公的心情也很好。一觉醒来,略感寒意,插在秀发上的梅花也已凋残。为了解脱思乡的烦恼，她便有意醉酒。睡卧时点上沉水香，而在熏香燃尽之后，主人公还在沉醉之中——这便是寓目可知的此词的表层语义。

上片的"睡起觉微寒，梅花鬓上残"二句，既表明主人公盛装而卧，又似有春睡"凉初透"之怨。那么词人的心态，又与填写上首《诉衷情》时相仿佛，只不过这层意思更加委婉含蓄罢了。

此词特别值得玩味的是词的结句——"香消酒未消"，它似乎意味着作者"但愿沉醉不愿醒"，因为只有在沉睡中才能缓解亡国之痛，这是一种极为深沉的爱国情愫，其与此词的结穴之处："故乡何处是，忘了除非醉"，洵为同一机杼。

南歌子[1]

天上星河转[2]，人间帘幕垂。凉生枕簟泪痕滋[3]，起解罗衣聊问、夜何其[4]。　　翠贴莲蓬小，金销藕叶稀[5]。旧时天气旧时衣，只有情怀不似、旧家时[6]。

【注释】

1 南歌子：又名《断肠声》等等。一说张衡《南都赋》的"坐南歌兮起郑舞"，当系此调名之来源。而李清照此词之立意，则与又名《断肠声》合。

2 星河：银河。

3 枕簟：枕头和竹席。

4 夜何其：《诗·小雅·庭燎》："夜如何其？夜未央。"夜已经到了什么时候了？其，语助词，表示疑问。

5 "翠贴"二句：谓主人公罗衣上绣制的花纹，因多年穿用，金线已经磨损，鲜艳的花纹已经褪色、所绣制的莲蓬及荷叶亦变得小而稀疏。

6 旧家：从前。"家"为估量之辞，与作世家解之"旧家"不同。详见张相《诗词曲语辞汇释》卷六。

【解读】

此首当作于建炎三年（1129）深秋、赵明诚病卒后的一段时间。词的结拍虽有"旧家"字样,但此处并非以家喻国,而是一首悼亡词。词中的每一句,都与作者丈夫生前的情事有关。在李清照二十二岁左右写《行香子》词时,已出现了"人间天上"的字眼儿。那时她把自己被迫与丈夫分离比做被天河隔开了的"牵牛织女"。斗转星移,如今与丈夫霄壤之隔,自己成了"人间"的嫠妇。卧房帘幕低垂,独住寡居。词人和衣躺在床上,回想丈夫在世时一幕幕情景,不禁泪如泉涌,湿透了深秋里凉飕飕的竹枕。眼下她和衣睡到半夜三更,被凉气冻醒,一面解衣就寝,一面问——现在什么时辰了?

不管是在青州的归来堂,抑或在莱州的静治堂,这对夫妻夜生活的主要内容都是编纂、读书、斗茶……在莱州时,赵明诚"每日晚吏散,辄校勘二卷,跋题一卷"。看来工作量相当不轻,而明晨还要早起到任所应卯。思路机敏而又善戏谑的李清照,很可能借《庭燎》中的赞美"君子"之意,夸奖一番自己的丈夫如何勤政笃学,丈夫又如何把自己看做事业上最得力的助手。这一切都意味着她在被丈夫一度疏远后,又恢复了应有的和谐,氛围变得更加温馨难忘。但是眼下,"罗衣"上原来绣的翠绿色的莲蓬,已经磨损得剩下很小的花纹了,用金线绣的藕莲,也是花褪叶稀。虽然每当秋凉之时还总是穿上这件衣服,但心境与从前却大不一样了。也就是说,李清照通过这首词,将思念亡夫的种种"情怀",寄托在一件绣着莲蓬、藕叶的"罗衣"上,而且写得十分妙合自然,又深情动人。

忆秦娥[1]

临高阁，乱山平野烟光薄[2]。烟光薄，栖鸦归后[3]，暮天闻角[4]。　　断香残酒情怀恶，西风催衬梧桐落[5]。梧桐落，又还秋色，又还寂寞。

【注释】

1　忆秦娥：又名《秦楼月》等。相传此调由李白词"秦娥梦断秦楼月"而得名。

2　平野：空旷的原野。

3　栖鸦：此指乌鸦归巢。

4　角：见前《菩萨蛮》（归鸿声断残云碧）注4。

5　催衬：催是催促的意思，衬可引申为帮衬。

【解读】

此首写作背景与《南歌子》相同，均为悼亡之作。此词旧本或题作"咏桐"，或将其归入"梧桐门"。这是只看字面，不顾内容所造成的误解。也可以把这种误解叫做"见物不见人"，因为此处的"梧桐"是作为"人"，也就是赵明诚的象征。在《漱玉词》中，作者的处境及其丈夫的生存状态，往往从"梧桐"意象的丰富多变的含义中体现出来。比如赵明诚健在时，她所写的《念奴娇》和《声声慢》中，是"清露"中的"新桐"和"细雨"中的秋桐。到了《鹧鸪天》（寒日萧萧上琐窗）一词中，则云"梧桐应恨夜来霜"。三者程度有所不同，但均不含悼亡之意。而这首词的基调就大不一样了——

比如下片的"西风"，其深层语义是指金兵。据记载，在南宋初年，每当秋高马肥之时，金兵便进行南扰、东进之攻势。在李清照看来，就像自然界的西风吹落梧桐一样，赵明诚的谢世与时局和金人的催逼有关。所以"西风"句就是以梧桐的飘落喻指赵明诚的亡故。

此词中特别值得玩味的是"梧桐落"二句。因为在古典诗词中，桐死、桐落既可指妻妾的丧亡，亦可指丧夫。前者如贺铸《鹧鸪天》（又名《半死桐》）："梧桐半死清霜后，头白鸳鸯失伴飞"；后者如《大唐新语》："安定公主初降王同皎，后降韦擢，又降崔铣。铣先卒，及公主薨，同皎子繇为驸马，奏请与其父合葬，敕旨许之。给事中夏侯铦驳曰：'公主初昔降婚，梧桐半死；逮乎再醮，琴瑟两亡'……"

渔家傲

记　梦

天接云涛连晓雾，星河欲转千帆舞。仿佛梦魂归帝所[1]，闻天语，殷勤问我归何处。我报路长嗟日暮[2]，学诗谩有惊人句[3]。九万里风鹏正举[4]，风休住，蓬舟吹取三山去[5]。

【注释】

1　帝所：天帝居处。此处当比喻宋高宗驻跸之地。

2　"我报"句：化用《离骚》"欲少留此灵琐兮，日忽忽其将暮……路漫漫其修远兮，吾将上下而求索"等句意。

3　"学诗"句：杜甫《江上值水如海势聊短述》诗："为人性僻耽佳句，语不惊人死不休。"李清照于此当有所取意。

4　"九万里"句：典出《庄子·逍遥游》"鹏之徙于南冥也，水击三千里，抟扶摇而上者九万里"，词人借以抒发其南行意向。

5　三山：《史记·封禅书》虽记载东海有蓬莱、方丈、瀛洲三神山，但此处则兼有别称"三山"的福州之意。旧福州城内东有九仙山、西有闽山（乌石山）、北有越王山,因称其为三山。李清照尝有一女弟子,名曰韩玉父,曾"自钱塘而之三山",她是从杭州到福州去寻找那位、与其"有终身偕老之约"、"得官归闽"、"何其食言"的"林君子建"(《宋椠醉翁谈录》乙集卷之二)。可见宋代人对于"三山"之行,是理解为南去福州的。

【解读】

李清照为涮洗"玉壶颁金"之诬,携家中铜器等物欲赴外庭投进,便沿着宋高宗在两浙逃跑的路线追赶,而多次扑空。大约于建炎四年二三月间,她又追踪来到了今浙江温州。这又是一次御舟前脚离开,她后脚赶到。在高宗曾驻跸江心孤屿的消息传开后,想必李清照也随即来到了被谢灵运描写为:"乱流趋正绝,孤屿媚中川。云日相辉映,空水共澄鲜"(《登江中孤屿》)的江心屿。这不仅是一个山水相吻抱的风景佳胜之地,且有两塔东西对峙。东塔系唐代咸通十年所建,刚好一百年后,北宋开宝二年又建了一座西塔。李清照可能就下榻在西塔近旁的江心寺。这里的景致很优雅,但传来的消息却很惊人:诸如自闽开来大舟二百馀艘,高宗在定海上船,诏以亲军三千馀人相随,政府和枢府亦登舟奏事;宗子及妇女数百人分别至泉州和福州避兵;朝廷已三令五申速将祖宗"神御"(特指帝王遗像)迁往福州;先期逃往今江西的太后在洪州失陷后,又逃到福建……今天看来,上述一切都是见于正史的记载。

听到这些消息，李清照不能不考虑自己的去向。在此之前，婆母的梓柩已从建康迁葬泉州，赵明诚的长兄曾官于广州、次兄已官于泉州并家于是州。这都是促使词人作南去泉州之想的重要因素，也是这首《渔家傲·记梦》写作的时代、政治和家庭背景。

词之下片的"风鹏"，显然是李清照上述南去意向的外化和象征。"九万里风鹏正举"一句的出典表明："鹏"是将徙于"南冥"的，也就是由北海往南海飞，与词人所向往的去泉州的方向是一致的。所以她在词中运用这一典故非常恰当，如果她向往的是北方莱州的"三山"，就不能以南飞之鹏为典。实际上从青州到莱州，并无云雾茫茫上接天际的水路可行，其必经之地则是她写《蝶恋花》（泪湿罗衣脂粉满）时下榻的昌乐驿馆。其由青州至江宁虽系南行，但"三山"不用作江宁的代称，而福州不仅是由温州至泉州的水行所经之地，并且别称"三山"。所以词中"蓬舟吹取三山去"的语言意义虽然可能指东海三神山，而其言语意义则是指福州，此其一；其二，由青州到江宁虽系"连舻渡淮，又渡江"（李清照《〈金石录〉后序》语）的水路，但远不及由温至泉舶行所给人的水天相连的感觉；其三，词之首句的"天接云涛连晓雾"，倒很像是温州瓯江孤屿水天云雾实景的幻化。

道理相仿佛，词之上片的"帝所"、"天语"，字面上是说作者在梦中听到天帝向她发问，实际是她殷切企望追及、陛见高宗心理的幻化。因此，不管李清照的行迹是否到过福州或泉州,这首词的写作契机既与福州(三山)有关,更与"天帝"在人间的代表——宋高宗有关。在这之前一、二年中,词人又确实"循城远览",寻得诸如"南渡衣冠少王导,北来消息欠刘琨"和"南来尚怯吴江冷,北狩应悲易水寒"等"惊人"的诗句。此词中的"学诗谩有惊人句",当是以上创作实绩的带有讽喻和牢骚意味的概括。由此看来,这首一向被认为表达理想的浪漫主义的豪放词作,却有着极为直接而深刻的现实内容。

王学初《李清照集校注》卷一曾说:在赵明诚已死、与张汝舟离异后,"清照似曾至闽"。这只是一种猜测,实际上,在现有的资料中,恐已无法找到李清照确曾至闽的根据,只能说她曾有过南去"三山"之意向,其未能成行的根据倒是相当可信的:这是为当时宋、金之战的形势所决定的!在金兵相继攻破明州、定海(均属今浙江)后,原来的势头是继续南侵,可巧风雨大作,加之和州防御使、枢密院提领海船张公裕引大舶击散之。金兵退据明州,像侵占扬州时一样,焚其城,占领七十日遂后撤。不久高宗驻跸越州州治会稽,李清照也随之来到这里。

好事近[1]

风定落花深,帘外拥红堆雪[2]。长记海棠开后,正伤春时节[3]。　　酒阑歌罢玉尊空[4],青缸暗明灭[5]。魂梦不堪幽怨,更一声啼鴂[6]。

【注释】

1　好事近:又名《钓船笛》、《翠圆枝》、《倚秋千》。苏轼词中有"烟外倚危楼"等三首同调词。双调,上下片各四句两仄韵。《词谱》以宋祁"睡起玉屏风"一词为正体。而李清照的这一首则比苏轼同调词:"烟外倚危楼,初见远灯明灭。却跨玉虹归去,看洞天星月　　当时张范风流在,况一尊浮雪。莫问世间何事,与剑头微哕。"洵有青蓝之出。

2　"风定"二句:意谓大风过后,落花满地。深,犹厚。拥红堆雪,指飘落而堆积的红白花瓣。

3　"长记"二句:这里当是词人对其少女时期所作咏海棠的"绿肥红瘦"《如梦令》一词写作心态的追忆。

4　酒阑歌罢:语见毛文锡《恋情深》二首其二:"酒阑歌罢两沉沉,一笑动君心。"酒阑,酒残。玉尊:玉制酒杯,泛指精美贵重的酒杯。尊,同"樽"。

5　青缸:这里指油灯。

6　啼鴂(jué):亦作"鹈鴂"、"鶗鴂"等。其名初见于屈赋的"恐鹈鴃之先鸣兮,使夫百草为之不芳"(《离骚》)。一说"鹈鴃"即子规、杜鹃。一说与杜鹃不是同一种鸟。辛弃疾《贺新郎》词:"绿树听鹈鴃,更那堪、鹧鸪声住,杜鹃声切。"辛氏自注云:"鹈鴃、杜鹃实两种,见《离骚补注》(洪兴祖注)。"此处当泛指催春之鸟。

【解读】

　　此首写作时间大致与《渔家傲·记梦》一词差同,均系在赵明诚谢世的翌年春天所作。亦有论者谓此词系作于赵明诚离家出仕期间。现已考定,赵明诚之离家出仕,不是在汴京,而是在"屏居乡里(青州)十年"之后,倘把此首系于词人的中年时期,即从宋徽宗大观二年至高宗建炎三年(1108—1129,这段时间也可称作青、莱、淄、宁时期)亦无不可。因为在此期间,李清照曾经历过人生极为难堪而痛心的时日,这段时间,其词作之基调皆不胜悲苦,其"幽怨"程度,比之此词则有过之而无不及。惟因此词之下片给人以较明显的幻灭感,姑将其系于后期。

　　词之上片写大风过后,地上满处是飘落而堆积的红白花瓣儿。不由得使作者想起少女时代、写作《如梦令》咏海棠词时的心情。那虽然也是一个"花事"将了的"正伤春时节",如与眼下的况味相比,岂不正是唐代诗人刘禹锡所云"不应有恨事,娇甚却成愁"!此片结拍的"正",《乐府雅词》卷下作"正是"。依词律,此句无作六言者,

"正"、"是"二字必有一衍；依文意，似取"正"字为胜。兹从多数版本"是"字径删。

下片起拍意谓灯红酒绿、歌舞升平的时光已成过去。接下去的"青缸"之光不仅忽明忽暗，甚至自动熄灭，可见环境之冷寂阴森。其以咏海棠的《如梦令》作对比，或是有意用顺境对逆境，以衬托其人生前后况味之悬殊。词人的丈夫已死，又正值灯熄花落的夜晚，梦中都感到不胜幽怨，作为催春之鸟的鹧鸪一声鸣叫，更令人感伤。

摊破浣溪沙[1]

病起萧萧两鬓华[2],卧看残月上窗纱。豆蔻连梢煎熟水[3],莫分茶[4]。　　枕上诗书闲处好,门前风景雨来佳。终日向人多酝藉[5],木犀花[6]。

【注释】

1　摊破浣溪沙:又名《山花子》。原为唐教坊曲名,后用为词牌。在唐五代时即将《浣溪沙》的上下片,各增添三个字的结句,成为"七、七、七、三"字格式,名曰《摊破浣溪沙》或《添字浣溪沙》。又因南唐李璟词"菡萏香销"之下片"细雨梦回"两句颇有名,故又有《南唐浣溪沙》之称。双调四十八字,平韵。

2　萧萧:这里形容鬓发花白稀疏的样子。

3　豆蔻:药物名,其性能行气、化湿、温中、和胃等。豆蔻连梢,语见于张良臣《西江月》:"蛮江豆蔻影连梢。"熟水:当时的一种药用饮料。陈元靓《事林广记》别集卷七之《豆蔻熟水》:"夏月凡造熟水,先倾百盏滚汤在瓶器内,然后将所用之物投入。密封瓶口,则香倍矣……白豆蔻壳拣净,投入沸汤瓶中,密封片时用之,极妙。每次用七个足矣。不可多用,多则香浊。"《百草正义》则说:"白豆蔻气味皆极浓厚,咀嚼久之,又有一种清澈冷冽之气,隐隐然沁入心脾。则先升后降,所以又能下气。"

4　分茶：杨万里《澹庵坐上观显上人分茶》诗有云："分茶何似煎茶好，煎茶不似分茶巧"，由此可见，"分茶"是一种巧妙高雅的茶戏。其方法大致是取茶汤注盏中，以茶筅击打搅动，技巧高超的"分茶"者能使盏中之茶水呈现出图案花纹，甚至文字诗句等。

5　酝藉：宽和有涵容。《汉书·薛广德传》："广德为人，温雅有酝藉。"

6　木犀花：桂花属木犀科，木犀系桂花之学名。

【解读】

从李清照的书序、信函和诗词中，已知她曾患过两次大病。一次是其《〈金石录〉后序》所云："余又大病，仅存喘息"。此次当因丈夫赵明诚去世、她为他料理后事，悲恸、劳累过度所致，时间大致在建炎三年（1129）的闰八月；她另一次患病，比上次更危重："近因疾病，欲至膏肓，牛蚁不分，灰钉已具。"（《投内翰綦公崇礼启》）这场大病是在她家蒙受"玉壶颁金"之诬以后，为此她曾"大惶怖"，又"不敢言"，曾辗转追赶高宗行迹，欲尽将家中所有铜器等物投进外庭，以期湔洗。追赶高宗不及，在她卜居会稽钟氏宅时，其卧榻之下的珍贵书画，又被邻人穴壁所盗。前述惊魂未定，又或因其为被盗事，"悲恸不已"而致病。正在她病得"牛蚁不分"之时，一个名叫张汝舟的"驵侩之下才"，乘人之危骗了婚。词人一旦病情好转,便无法与张汝舟共处,在与之离异过程中,又蒙受种种毁谤,甚至身系大牢……在这一切苦难终于过去、重病初愈之时,李清照写了这首词,记录了她在某一天继续服药治病的养病生活,故此词约写于宋高宗绍兴二年(1132)八月,地点当在杭州西湖一带。

虽然写这首词时,李清照至多五十岁,但这一年龄在古代则已被视为"晚岁",又因其境遇过于坎坷,故不满五十鬓发已经花白稀疏了。上片次句"卧看残月上窗纱",试作如是解:或因词人曾有离异之事为世人毁谤和不解,人们都疏远她,故其从破晓醒来,直到"终日",只能孤寂地卧榻观月、闲翻诗书以遣怀。鉴于"分茶"的技巧高、难度大,病中的词人,一则无此精力和雅兴;二则此系高朋聚会之举,这时的词人正因离异事承受着"多口"之谤,恐一时无人前来与其聚饮,姑将此句解为:大病尚未痊愈的主人公只能煎豆蔻熟水以作药饮,至于"分茶"之雅举尚与她无缘。

下片起拍的"枕上诗书闲处好",可谓道出了读书三昧,所下"闲"字尤妙。"闲"可训作"安静",又通"娴",可作"文雅"、"熟习"解。"枕上诗书",安然细绎,烂熟于心,方得真赏。紧接下去的"门前"句似暗中概写杭州西湖之美。在词人看来,西湖不仅有像柳永所描写的"有三秋桂子,十里荷花"的旖旎风光;亦有苏轼所称道的"水光潋滟晴方好,山色空蒙雨亦奇"的湖山佳境,雨中西湖尤为美不胜收。但这一切只能用"门前风景雨来佳"概而言之，因为词人深知杭州西湖已经成了某些人眼中的"销金锅"和"安乐窝"，如果对其美景再大加渲染，岂不更加使之贪图享乐，不思恢复！

  结拍二句中的"木犀花"是桂花的学名。词人不仅将桂花拟人化，而且把它比做像汉朝的薛广德那样，对人既宽和又有涵容。作者在她青春期所写的《鹧鸪天》（暗淡轻黄体性柔）一词中，曾称誉桂花"自是花中第一流"。看来，桂既是她的观赏对象，更是其理想的寄托，甚或是其人格的自况。

摊破浣溪沙

揉破黄金万点轻[1],剪成碧玉叶层层[2]。风度精神如彦辅[3],太鲜明[4]。　　梅蕊重重何俗甚,丁香千结苦粗生[5]。熏透愁人千里梦,却无情。

【注释】

1　黄金:此处以之喻指桂花。桂之本名曰木犀,别称桂花,亦称丹桂、岩桂、九里香等。原产我国,久经栽培,桂花的变种很多,以色泽归类,又分为金桂、银桂等。黄色的一种叫金桂。这里以"黄金"作比,所咏自然是"金桂"。

2　碧玉:这里以青绿色的玉石比喻金桂之叶。

3　"风度"句:此句与前一首的"终日向人多酝藉"之句,均系将桂拟人化,先是把它比作汉朝的薛广德,这里则比作西晋的乐广。薛广德和乐广都是雅量高致、气度不凡的正人君子,看来李清照是崇尚这种人格的。彦辅,西晋乐广字。《晋书·乐广传》谓其"性冲约,有远识。寡嗜欲,与物无竞。广与王衍俱宅心事外,名重于时。故天下言风流者,谓王、乐为称首焉"。

4　太鲜明:《花草粹编》卷四作"大鲜明"。在古代"大"通"太"、"泰"。《说文释例》曰:"古只作'大',

不作'太',亦不作'泰'……"比如《易》之"大极"、《春秋》之"大子",后人皆读为"太"。在此词中,作者或缘此古例,故"太"、"大"相通。此句是此词的难点之一,也是现存整个《漱玉词》的难点之一,或因此故,竟有不少选注本、乃至辑注本不予收录,即使收录,则极少为此句作注,而关于此句的罕见之注释或析文,又不无可议之点:比如"太"字不宜训为"过分",而宜作"很"、"极"讲,意谓桂花的"风度精神"与乐彦辅极为相像。鲜明:此处宜训作分明确定之义。"鲜"字,《世说新语·品藻》作"解"、《晋书·刘隗传》作"鲜",宜从《晋书》。

5 丁香千结:语出毛文锡《更漏子》词:"庭下丁香千结。"苦(读作古)粗生:张相《诗词曲语辞汇释》卷二谓:"苦粗生,犹云太粗生,亦甚辞。"苦粗,当作不舒展、低俗而不可爱的意思。

【解读】

在现存《漱玉词》中,凡是使用同一词牌的作品大都有连贯性,很可能是相继写作的。这一首与前一首的时间、空间也是相同的,略有差别的是:在写前一首时桂花尚处在含苞待放之日,而这一首则写于金桂怒放、馨香馥郁之时。此二首虽为同调,但其时作者的心态却有所不同,写前一首时,词人还没有完全摆脱病患的困扰,她的着眼点除了病榻、药盏、"枕上诗书",就是其房前屋后的

"木犀花"；写这一首时，看来作者的病体已经痊愈，其情思又回到忧国伤时之中。词的描写对象仍然是其即目可见的桂花，但经过词人的巧妙构思和多种比拟，最终寄托的是她深沉的乡国之思。

起拍写的是金桂之花，形容别致，二句状桂叶，谓其既像青绿色的玉石，又重重叠叠。由这种玉叶所衬托的金桂，其"风度精神"活像西晋气度不凡的雅量高致者乐彦辅。下文有的版本作"大鲜明"，这里之所以作"太鲜明"一则基于在古代"太"、"大"相通；二则是将"太"字训作"很"、"极"之义，意谓桂花的"风度精神"，与乐彦辅极为相像。另有一种说法：谓"太鲜明"是对王衍（字夷甫）的贬抑，意思是说王衍的"风度精神"与桂花大不相同，即《世说新语·品藻》所云："刘伶言始入洛，见诸名士而叹曰：'王夷甫太解（鲜）明，乐彦辅我所敬。'"此说虽求之甚深，但李清照之用典多有隐秘深奥之处，故此说或可成立。

对"梅蕊重重何俗甚"一句的正确理解是解读此词的关键，但这却是一个大难点。其难不在于此句本身，而在于它与词人以往对梅的情感和评价相左。或许是出于对李清照的景仰，以为在她的作品中不可能有自相矛盾之处，如果承认了此首此句出自李清照之手，岂不等于否定了她先前关于梅的那许多脍炙人口之作？持这种看法的《漱玉词》辑注者，为了不让一马勺坏一锅，干脆把这一首从《漱玉词》中剔除！其实这里的问题主要是出在用上述极其简单的形式逻辑方法，来认识和看待极为复杂的、灵活多变的创作和审美问题，从而出现了类似于杞人忧天之想。《漱玉词》中有涉于梅的虽不下十来首，但真正称得上咏梅之章的，也就是《渔家傲》、《玉楼春》、《孤雁儿》等这么三、四首。孤立地看《渔家傲》的"此花不与群花比"，仿佛对梅的评价无与伦比，但如果对比一下，她在稍后所写的《鹧鸪天》中，把桂称为"自是花中第一流"，岂不已经高过了她对梅的评价！再联系她先后所写的现存三首道道地地的咏桂词，哪一首比咏梅之什的分量轻呢？对于梅，她着重于外形的描写，而对于桂，则处处着眼于其内在美的揭示，二者对比，在李清照的心目中，梅和桂孰轻孰重，不言而喻。尽管这样，也不能认为"何俗甚"，就是把梅看得俗不可耐、一无是处，而应作如是解：梅只注重于外形，它那重重叠叠的花瓣儿，就像一个只会梳妆打扮的女子，假如不具备内在之美，它会使人感到很俗气；而桂花虽然没有像梅那样娇艳重叠的花瓣儿，但它那金光灿烂的色彩和碧玉般的层层绿叶，其"风度精神"就像古代名士乐广和王衍一样"风流"飘逸，"名重于时"。

总之，在这里只是为了扬桂而抑梅，并非出于她对梅的厌恶，这是文学创作的辩证法！对此句，从审美意义上亦可作出合理解释：即审美的对象特征和作者的心态大都是对应同构关系。词人的心态既随着外界事物的变化，常常处在悲喜交替或交并的状态，那么其审美意识、审美情趣也会随之变更和发展。特别是像李清照这样多情而敏感的作者，其审美判断必然是灵活多变的。

后片"丁香"句的"苦粗"既是不舒展、不可爱的意思，那么在这里，词人便是以丁香的粗俗小气再次衬托金桂的高雅大度。最后的"熏透"二句，意思是说桂花的浓香把词人熏醒，使其不得梦游故国旧家，从而责怪它没有家国之情。至此人们便可明白：词人贬抑梅蕊、丁香也罢，埋怨桂之浓香也罢，均为宛转道出作者本人之家国深情，原来她是担心——浓香熏得游人醉，错把杭州作汴州！又因当时的词学观念和作者本人词"别是一家"的主张，其家国情愫不能径直写进"小歌词"，必须想方设法进行软化处理，以将其忧国悃诚——这种原属于诗文的情思，深藏在"文学别墅"般的"小歌词"里。

武陵春[1]

春　晚

风住尘香花已尽,日晚倦梳头[2]。物是人非事事休,欲语泪先流。　　闻说双溪春尚好[3],也拟泛轻舟。只恐双溪舴艋舟[4],载不动、许多愁。

【注释】

1　武陵春:根据作者《〈打马图经〉序》一文的落款所署时日为"绍兴四年十一月二十有四日",此词遂可系于次年春,即公元1135年五月前后所作。又因词中有地名"双溪",便可断定作于今之浙江金华。是时赵明诚去世已经五年,又经历了一场再嫁风波的李清照,她已不再把嫠妇之愁作为隐秘之事。况且在她与后夫离异后,愈是表现出对其前夫的思念,也愈能说明她对那个无赖小人张汝舟的轻蔑。此词或许正是这样一种心理状态的外化。虽不宜断言此词中毫无家国之忧,但主要当是表达嫠妇之愁。词调《武陵春》,又名《武林春》、《花想容》。此词尝被列为"别体",它比被视为正体的毛滂词之结拍多出一字。正在金华避难的李清照,选取《武陵春》为调名填词,这是独具匠心的。当年她与丈夫屏居青州,在一定意义上也是避难，所以她曾把赵明诚称为"武陵人"。"武陵"二字，本来就有着丰富而深刻的文化内涵，稔悉陶潜诗文的李清照，一触及"武陵"二字，自然会想到其所含的"避难"之意。就词调而言，此首基本可以算作本意词。

2 日晚：这里指日上三竿，即太阳出来老高的意思。梳头：似可较宽泛地理解为化妆。

3 双溪：水名，在今浙江金华城南，自宋迄今为当地名胜，因汇合东阳、永康二水，故名双溪。对于双溪所在地的考证，中华书局上海编辑所《李清照集》（1962年9月版，第213—214页）最为翔实可信，这里谨取其成说。

4 舴艋舟：小船，形似蚱蜢。语见张志和《渔父》词。

【解读】

此词起拍"风住"二句意谓：在自然界经过雨横风狂之后，百卉落地、花尽尘香，象征着词人的希望再次破灭，心灰意懒。所以日上三竿，她连头发都懒得梳理一下。

"物是"二句紧承前意，将上文的凄婉之情，以劲直之语出之。原因是开头一、二句含有难尽之意："风住"既指自然现象，又有象征意味。接踵而来的被诬通敌和再嫁风波虽然停息了，而人生的希望也随之破灭了。所以"物是人非事事休"除含有浓重的嫠纬之忧外，还当有这样一些寓意：经过与后夫的一段纠葛，词人倍加思念前夫。他的遗著《金石录》还在，但人事俱非，心里有多少事，不等说出口就泪流满面。

生活中常常有物极必反之事。愁苦已极的人往往更向往解脱困境，此词下片对"尚好"春光的向往和对双溪泛舟的拟想，仿佛是在黑暗中闪现的一线光明，然而转瞬即逝。令词人所担心的是双溪舴艋舟小，载不动如许愁绪。言外之意，她的满腹忧愁无处排遣，永远也解脱不了。这就是"只恐双溪舴艋舟，载不动许多愁"，这一千古名句脱口而出的沉重的心理背景。没有李清照所亲身遭受的党争株连、婕妤之叹、兵燹战乱、丧偶流寓、"颁金"之诬、再嫁离异、诉讼系狱等等人生忧患，其愁思就没有这么重的分量；如果词人不善于创意出新，那么她在李煜、秦观、贺铸等喻愁名家名句面前，怎能跻身其列？当然李清照之所以能写出这种跻身"须眉"，甚至"压倒须眉"的名篇名句，也不是白手起家，她曾经历了一个纵横交错地学习"须眉"，并逐渐超越"须眉"的过程。即使她在构思"只恐"二名句时，不一定看到比她年轻六七岁的张元幹的以"艇子""载取暮愁"（《谒金门》）的词句，但苏轼与秦观维扬饮别时，所作《虞美人》词的"无情汴水自东流，只载一船离恨向西州"，当系首开以"舟船载愁"的先例，李清照亦当对其有所借取。但是说到底还是其切身的生活体验和"转益多师"的学习借鉴的结晶，而且前者是关键，没有亲身经历过李清照那么多苦难的人，即使像董解元、王实甫那样的文学名家,其同类句子也不一定给人留下多么深刻的印象,反倒有某种效颦之嫌。

假如只是就词论词,恐怕谁也难以说清词人避难金华期间忧喜转换的真正原因。李清照是一位有着极为敏锐思想的上层妇女,她的喜怒哀乐往往都有很深层次的原因。赵明诚在世时,她曾有过婕妤、庄姜之叹。随着赵的亡故、再嫁风波的平息以及老之将至,她已不再为单纯的儿女私情所左右。况且赵明诚去世已经多年,最痛苦的时刻也已过去。看来这首《武陵春》词是在抒写令人不堪悲悯的嫠纬之忧的同时,还当包含着另一件使作者十分难堪的事!那么这是一件什么事呢?

这恐怕是一件与"龙颜"喜怒有关的大事。事情的大致经过有可能是这样的:在李清照挥泪写作《〈金石录〉后序》的那段时间,一位大臣向高宗进谏道:"王安石自任己见,尽变祖宗法度,上误神宗,天下之乱,实兆于此。"帝曰:"极是。朕最爱元祐。"原来赵构以为《哲宗实录》系奸臣所修,其中尽说王安石的好话,对废辍新党的高、向两位皇后不利,而赵构又认为:"本朝母后皆贤,前朝莫及。"被皇帝视为"皆是奸党私意"的《哲宗实录》不能扩散出去,而赵挺之当年在参与修撰此录时所收藏的一份,如今恰在李清照的手上。眼下《哲宗实录》被看做冒禁传写之书,窃窥、私藏都是犯法的。

命运就是这样无情地捉弄李清照,她像保护自己的头、目一样保护下来的书籍,又被朝廷下诏点了赵明诚的名，严令他家缴出此书。可以想见，那一定是朝廷兴师动众的一次大行动，强迫李清照缴出违禁之书，这当是一件令人很难堪的事情，况且诏书上又一次见到已故丈夫的大名。本来已趋愈合的有丧夫之痛的伤口，又像是被拉开撒上了一把盐，这无疑会加深本来就很难摆脱的嫠纬之忧。这使词人原先打算好的双溪泛舟，再也无心前往。缴进《哲宗实录》的事发生不久，李清照就离开了金华回到杭州。

永遇乐[1]

元　宵

落日熔金，暮云合璧，人在何处[2]？染柳烟浓，吹梅笛怨[3]，春意知几许？元宵佳节，融和天气，次第岂无风雨[4]！来相召、香车宝马[5]，谢他酒朋诗侣。　　中州盛日[6]，闺门多暇，记得偏重三五[7]。铺翠冠儿，捻金雪柳[8]，簇带争济楚[9]。如今憔悴，风鬟霜鬓，怕见夜间出去。不如向、帘儿底下，听人笑语。

【注释】

1　永遇乐：又名《永遇乐慢》、《消息》。此调始见于柳永《乐章集》，而《词谱》卷三二以苏轼"明月如霜"一首为正体。李清照此首之立意，对苏轼同调词的"燕子楼空，佳人何在，空锁楼中燕"和晁补之同调词的"回首帝乡何处"等，似有化用，又从或反或转的意义上有所借取。

2　"落日"三句：前二句似隐括江淹《拟休上人怨别》诗的"日暮碧云合，佳人殊未来"和廖世美《好事近》词的"落日水熔金，天淡暮烟凝碧"之句意，以指昔日之相同景致。对于第三句的"人在何处"，常见有两种理解：一是承上文，谓景色依旧，"人"系作者自指；二是"人"指作者的故夫赵明诚，意谓与其有泉路之隔。当以前说近是。

3　吹梅笛怨：梅，指乐曲《梅花落》，用笛子吹奏此曲，其声哀怨。

4　次第：这里是转眼的意思。

5　香车宝马：这里指贵族妇女所乘坐的、雕镂工致装饰华美的车驾。

6　中州：即中土、中原。这里指北宋的都城汴京，今河南开封。

7　三五：十五日。此处指元宵节。

8　铺翠冠儿：以翠羽装饰的帽子。雪柳：以素绢和银纸做成的头饰（详见《岁时广记》卷一一）。此二句所列举的均为北宋元宵节妇女时髦的妆饰品。

9　簇带：簇，聚集之意。带，即戴，加在头上谓之戴。济楚：整齐、漂亮。簇带、济楚均为宋时方言，意谓头上所插戴的各种饰物。

【解读】

李清照在理论上主张词"别是一家"，在创作实践方面，其诗、词的题材和题旨曾经迥异其趣，但是时届晚年，此种情况却有很大改变，即在其晚境词中，对于"中州"等所代表的故国的怀念，随时可见，此首就是这方面的代表作。它问世后不久，在南宋就激起各种人等，尤其是热血人士的赞许和共鸣，从思想性和艺术性两方面给予此词以高度评价。比如张端义《贵耳集》卷上云："易安居士李氏，赵明诚之妻。《金石录》亦笔削其间。南渡以来，常怀京洛旧事。晚年赋《元宵·永遇乐》词云'落日熔金，暮云合璧'，已自工致。至于'染柳烟轻，吹梅笛怨，春意知几许'，气象更好。后叠云：'于今憔悴，风鬟霜鬓，怕见夜间出去。'皆以寻常语度入音律。炼句精巧则易，平淡入调者难。"刘辰翁《须溪词》卷二："余自乙亥上元诵李易安《永遇乐》，为之涕下。今三年矣，每闻此词，辄不自堪。遂依其声，又托之易安自喻，虽辞情不及，而悲苦过之。"

关于此词的写作特点，既是人们常说的今昔对比，又并非那种简单对比，它不仅是一幅浓缩了的社会、人生图画，更是一部内涵丰富的人物心灵史的艺术外化。

关于此词的写作时空，以往人们异口同声地说，它是李清照晚年流落临安时所作，这当然是对的。但此说过于宽泛，因为词人居临安共计二十多年，这首词具体当作于何时呢？笔者认为它是作于绍兴八年（1138）、南宋定都临安前后的一段时间，而且就是针对定都问题这件大事而发的。

词的上片写临安的元日之景。首二句隐括上引前人诗词来形容比喻：落日像熔化了的金子一般绚丽璀璨，暮色中飘浮的云彩聚拢了来，宛如珠联璧合。由于眼前的这种景色，与昔日汴京的元夜几无二致，以至使词人不由得发出"我这是在哪里"("人在何处")的疑问。然而,临安毕竟不是汴京,当词人的思路回到现实中时,她却感到满目凄凉。所以"染柳"二句正是表达词人这种黯然神伤的景语,也就是作者悲苦心情的外化。接下去的"春意知几许",是春意盎然的反面,言时值早春。早春天气也有风和日丽之时,而下句的"次第"二字是进展之辞,那么"春意"以下数句当作如是解:别看今年元宵节天气这么好,转眼恐有风雨来临!这几句字面是讲天气,而其语义深层既含有一定哲理的人生体验,更像是暗指宋、金"绍兴议和"期间时代风雨和政治气候的变幻莫测,战和难料。就现状而言,大至宋朝社会,已由盛而衰;中如赵、李两族,已家破人亡;小到一己之身,曾几何时,她待字汴京,才名轰动,令多少人倾慕不已,如今竟变成了一个只身漂泊的"闾阎嫠妇"。一句话,天气也罢,人事也罢,都那么变化无常!想到这些,哪有闲心游乐?因而,"来相召"以下三句收束得顺理成章。且含有一定的嘲讽之意,因为国家已经到了这样的境地,"酒朋诗侣"们却把杭州作汴州,香车宝马,仪从阔绰,依然寻欢作乐。作者谢绝了召邀,可见她不同于那些醉生梦死的人。

下阕转忆"京洛旧事"。起拍"中州盛日",寄托了作者深挚的家国之思。那时家国兴盛,元宵节特别热闹。"闺门多暇",当指词人未婚之时。看来她回忆的是自己初到汴京的事,大致是哲宗元符年间或稍后的一段时间。那时她处境优越,"暇"不仅是指有空馀的时间,主要当指作者生活优裕、有那份闲心。她于公元1101年出嫁的第二三年，新旧党争加剧，作为新妇的她受到株连，曾一度被迫离开汴京。即使再回京，心情也很不一样了。从十五六岁到二十岁前后，是词人一生最美好的时光。可以想见，这时的她，不管穿戴也好、气度也好，自然会压倒群芳。再锦上添花、着意打扮一番，一旦出现在灯火斑斓的市街上，不知会引起多少人交口称赏！然而，"如今"她已年过半百，鬓发散乱，憔悴不堪，即使时值佳节，夜间也懒得外出了。这就是为什么害怕夜间出去的心理背景。

词的结拍是最深刻、最令人心酸的去处！"不如向，帘儿底下，听人笑语"，试想，那些在灯红酒绿之中时时发出"笑语"的人，怎么会念及国家安危呢？当躲在"帘儿底下"的作者听到这种"笑语"时，内心该是多么酸楚！

读到这里，使人深感作者谢绝了"来相召"者也好，害怕夜间出去也好，并不是忧愁自然界的"风雨"，更不是自惭形秽，而是在江河日下的当儿，所产生的一种难以名状的孤独感。以往对此句的解读，多谓词人因其亲人的亡故，自己再无欢乐可言而只能"听人笑语"。其实这三句的寓意不尽如此，它更向人暗示：此时发出欢声笑语的主要是不恤国事、不念恢复的权臣佞人及其随之飞升的家人亲属。精忠报国的将相岳飞等等多被猜忌；建炎三年，为拯救高宗蒙难出了大力的张浚，竟亦被罢；同样，功勋卓著的韩世忠，自知其主战不得君心，此时意欲远祸，遂请求退还朝廷一切破格待遇，于清寒中度其晚年；还有更多的重臣不是被贬、编，就是自动退避……所以，"不如向，帘儿底下，听人笑语"，其所概括的也不仅是李清照一人因丧偶而产生的孤苦心情，其所隐含的当是秦桧当政时期忠荩之士噤若寒蝉、奸佞之辈无法无天的极度黑暗的政治现状。

孤雁儿 并序[1]

世人作梅词，下笔便俗。予试作一篇，乃知前言不妄耳。

藤床纸帐朝眠起[2]，说不尽、无佳思。沉香断续玉炉寒[3]，伴我情怀如水。笛里三弄[4]，梅心惊破，多少春情意[5]。　　小风疏雨萧萧地，又催下、千行泪。吹箫人去玉楼空[6]，肠断与谁同倚[7]。一枝折得，人间天上，没个人堪寄[8]。

【注释】

1　孤雁儿：此即《御街行》之又名。这一别名的来历是因《古今词话》所录无名氏词有"听孤雁声嘹唳"之句的缘故。

2　藤床：用藤、竹所编制的床。纸帐：用藤皮茧纸制成的帐子。

3　沉香：即沉水香。

4　笛里三弄：用笛子吹奏《梅花三弄》。此乐曲的主调反复出现三次，因称"三弄"。

5　春情意：借取春日的情景，喻指当年令人难忘的夫妻深情。

6　吹箫人：原指善吹箫的萧史。秦穆公女弄玉喜好吹箫，嫁与萧史数年后，二人随凤飞去。（见《列仙传》）这里以萧史喻指已故的赵明诚。玉楼空：以人去楼空喻指赵明诚亡故，词人独守空房。

7　肠断：形容因丧夫而悲伤之极。《世说新语·黜免》："桓公入蜀，至三峡中，部伍中有得猿子者，其母缘岸哀号，行百馀里，不去，遂跳上船，至便即绝。破视其腹中，肠皆寸寸断。"

8　"一枝"三句：自从陆凯写了《赠范晔》诗之后，"折梅"便成了彼此馈赠之语。李清照想把她折来的梅寄赠已故之夫，但因泉路相隔，故云："没个人堪寄。"

【解读】

此词原见于《梅苑》卷一，与世人所作多不胜数的"梅词"相比，首先它不是那种咏物而滞于物的咏梅词，词中虽然用了两个关于梅的常见典故，但都是经过改造有所出新从而写成的一首悼亡词。此词本身无论从哪方面看均可谓不"俗"，而词前小序却仿佛是说："世人作梅词，下笔便俗。我试着作的这一篇，恐亦难以免俗。所谓作咏梅词很容易落入俗套，看来这并非是虚妄之言。"

此词的这一小序，看来作者是针对一本专收咏梅词的书而言的。它就是王灼《碧鸡漫志》卷二所说的，其友黄载万（名大舆）"所居斋前，梅花一株甚盛，因录唐以来词人方士之作，凡数百首，为斋居之玩，命曰《梅苑》"。周煇《清波杂志》卷一〇亦云："绍兴庚辰（1160），在江东得蜀人黄大舆《梅苑》四百馀首。"此书卷首的编者自序称辑录于己酉（指建炎三年，1129）冬。所录悉为咏梅之词，起于唐代，止于北宋末南宋初，共十卷。这里有一个明显的问题，即李清照的这首《孤雁儿》和另一首含有悼亡之意的《清平乐》词，均被收入《梅苑》。收有李清照悼亡词的《梅苑》，不会是成书于己酉之冬的黄氏原编本《梅苑》。因为赵明诚卒于己酉之秋，李清照忙于他的后事，又大病仅存喘息，不大可能马上去作悼亡词。退一步说即使当年秋冬所作，在兵荒马乱之中、长江上游已不通航的情况下，李清照在江浙一带所作的词，又怎能立即传到四川黄大舆的手中呢？况且这两首词不仅是李清照的痛定思痛之作，甚至还带有对她一生遭际的总结之意。所以必然是时隔数年或多年之后所作。

那么为什么会造成李清照的后作之词，被收入多年前成书的《梅苑》之中呢？这是因为今天所看到的《梅苑》，并不是黄氏的原编本而是后人辑补本。陈匪石发现，这种辑补本，亦有把仕元的南宋遗民王沂孙（字圣与）的梅词，收入宋高宗时代的人士黄大舆编著之中者。

上述问题搞清了，对李清照这首《孤雁儿》词的讲解，就可以不受黄氏《梅苑》成书时间的约束，而依据作者的经历和她的这首悼亡词的文意，将作品置于适当的时空之中。也只有这样，才能谈得上较正确地解读原作。

这首《孤雁儿》，是不是像词人自己所说的，是一首未能免俗的咏梅词呢？当然不是，而是李清照对作品立意谋篇的睿智所在。她先说梅词容易俗，而她自己所作的这一篇，不但不俗，还堪称颇富新意之作，从而愈加显示出其不让"须眉"创作才能。此首的意义还在于，它是词史上较早出现的屈指可数的悼亡词之一。"花间"词人张泌《浣溪沙》："天上人间何处去，旧欢新梦觉来时"（此首见于人民文学出版社 1958 年 7 月版《花间集校》，而《全唐诗》卷八九八张泌词未见收载）二句如含有悼亡之意的话，张泌当是第一位作悼亡词的人。第二位是李煜，他的《相见欢》（又名《忆真妃》"无言独上西楼"），明明是为大周后写的道道地地的悼亡词，却长期被误解为一首表达亡国之恨的词，而把第三位写悼亡词的苏轼作为第一人，把他的《江城子》（十年生死两茫茫）误作第一首悼亡词。第四位是贺铸，他所写的悼亡词是《鹧鸪天》（重过阊门万事非）。李清照是第五位，但她又是第一位作为未亡人为丈夫写悼亡词的人，又是第一个将梅引入悼亡词的人。这样，在悼亡词史上，李清照至少占了两个第一、一个第五。不仅如此，其以梅悼亡的词似不止一两首，更不是只为悼亡而悼亡，她的《清平乐》的"看取晚来风势，故应难看梅花"，便寄寓了深沉的家国之思，岂不更加不俗！

这首词的第二点脱俗之处，还在于下片的"吹箫人去玉楼空，肠断与谁同倚"之句。"吹箫人"原指萧史，这里借指赵明诚。萧史的恋人是弄玉，二人已羽化成仙。这里暗喻着词人和她的丈夫都不是凡夫俗子的意思。第三点不俗之处是，不仅所用《赠范晔》诗这一典事浑化无迹，而且将其用在泉路相隔的夫妻之间,岂不更加感人而有新意!

总之,李清照的咏梅词,由"香脸半开"的自况,经"没个人堪寄"的悼亡,再到寄寓家国之念,其作品主旨的变化,再清楚不过地说明了词人的身世遭际及其思想的升华。由于其后期思想的全面升华,无形中也突破了她写《词论》时的词学思想,使其"小歌词"的题材内容越出了儿女私情,那就更与"俗"字无缘了。

添字丑奴儿[1]

芭 蕉

窗前谁种芭蕉树,阴满中庭。阴满中庭,叶叶心心,舒卷有馀清[2]。　　伤心枕上三更雨,点滴霖霪[3]。点滴霖霪,愁损北人,不惯起来听。

【注释】

1　添字丑奴儿:一作《添字采桑子》。《丑奴儿》、《采桑子》同调而异名。添字,在本词中具体表现为——在《丑奴儿》原调上下片的第四句各添入二字,由原来的七字句,改组为四字、五字两句。增字后,音节和乐句亦相应发生了变化。

2　舒卷:一作"舒展"。在此可一词两用,舒,以状蕉叶;卷,以状蕉心。馀清:此据王学初《李清照集校注》和吴熊和《唐宋词通论》,此首断句亦从吴著。"馀清",今本多作"馀情","情"字在此其意似欠当,因此词上片旨在咏物并非简单的拟人之法。馀清,意谓蕉叶舒卷;蕉心贻人以清凉舒适之感。视"清"字为"情"字的谐音,其意似胜于径用"馀情"二字。

3　"伤心"二句:这里或许分别对杜牧《雨》诗的

"一夜不眠孤客耳,主人窗外有芭蕉"、温庭筠《更漏子》词的"梧桐树,三更雨,不道离情正苦。一叶叶,一声声,空阶滴到明"、无名氏《眉峰碧》词的"薄暮投村驿,风雨愁通夕。窗外芭蕉窗里人,分明叶上心头滴"等句,有某种借取和隐括。霖霪,本为久雨,这里指接连不断的雨声。

【解读】

　　这首词当是"南渡"后李清照的自我写照之作。她的这处住宅、庭院,或是半途购置,或是临时租赁。窗前那棵高大的芭蕉树,也不知是哪年哪月谁人所种。只见芭蕉以其身高叶大的浓荫,遮盖了整个院落,炎夏酷暑中,犹如热中送扇,使人感到格外凉爽适意。这棵芭蕉的绿叶是那么舒展,蕉心卷曲又那么好看。叶叶心心,不断给人以清新舒坦之感。

　　在夏日的白昼,词人倍感芭叶蕉心的清凉宜人,但是一到夜晚,尤其是雨夜,这棵芭蕉树真是造孽啊!下片起拍的"伤心"二句,尽管可能对上文注释中所引前人的一些有关的诗词佳句有所借取和化用,但是,李清照这一首的词旨和词艺远胜于上述诸作。原因是女词人平生所经历的一件又一件的"伤心"事,一则不是一般人所能想象和承受的,更不是放荡不检的杜牧和儇薄无行的温庭筠等人所能体察得到的。所以他们和她所描写的不同时代同类生活感受,其真实性和感人程度显然是大不一样的;二则词人自己的"伤心"事虽然大都已成过去，随着时间的推移，"伤心"的程度也会逐渐淡化，但另一种"伤心"事，亦即忧国伤时之感，却与日俱增。南宋"绍兴议和"期间，随着主和派的得势、主战派的退避，李清照这个一向竭力主张抗战复国的热血女子，能不忧心如焚！正当她为国家的前途忧心忡忡，夜不能寐，辗转反侧之时，窗外却下起了"三更雨"。雨声淅淅沥沥，接连不断。这接连不断的雨声，使得"伤心"人再想入睡更是难上加难！

"北人"是南渡后词人自指。"愁损北人"以下二句的意思是说，被国忧乡愁折磨得已经体损神伤、羸弱不堪的"我"这个思乡心切、彻夜失眠的北方人，最不愿意听到半夜三更雨打芭蕉的凄厉之声。因为芭蕉树使得雨声音量加大，从而更加触动"北人"的乡愁。所以这里一转上片对种树人的感念之意，似含有对种植芭蕉树的人的埋怨情绪。当然这种情绪是为"北人"的乡情所驱动，因其思乡心切，通宵难眠，故对无故的芭蕉心怀怨恚和不满。

结拍的"起来听"，是指词人坐起来倾听雨声，此系无奈之词，其寓意当是："北人"不像"南人"那样，对雨打芭蕉之声习以为常，照样酣睡，因为他们不像"北人"那样怀有浓重的家国之愁。

清平乐[1]

年年雪里,常插梅花醉。挼尽梅花无好意,赢得满衣清泪。　　今年海角天涯[2],萧萧两鬓生华[3]。看取晚来风势,故应难看梅花[4]。

【注释】

1　清平乐:又名《清平乐令》、《醉东风》等,其与《清平调》(又名《清平辞》)不同,却往往被混淆。对此王灼《碧鸡漫志》(卷五)曾加以辨别。作为词调《清平乐》中的"清"、"平"二字之出处:或谓犹如"海内清平,朝廷无事"、"社稷有应瑞之祥,国境有清平之乐";又谓调名源于南诏清平官。而《清平调》作为唐声诗名,因其乐律在古清调与平调之间得名。

2　海角天涯:犹天涯海角,本指僻远之地。此处当有以下三种所指:一则当指"心理"距离和感受,意类"甜言蜜语三冬暖,恶语伤人六月寒"之谓;二则当指"时代政治"距离,李清照内心所向往和亲近的是故都汴京,今居杭州,远离汴梁,故谓之"海角天涯";三则当指"情感"距离,当时一班苟安之辈,称临安为"销金锅儿",此辈以临安为"安乐窝"极尽享乐之能事,而李清照面对半壁江山,为之不胜忧戚,倍感寂寞、忧愁流年……

3　萧萧两鬓生华：这里形容鬓发花白稀疏的样子。

4　"看取"二句："看取"是观察的意思。观察自然界的"风势"，虽然出于对"梅花"的关切和爱惜，但此处"晚来风势"的深层语义，当与《菩萨蛮》（归鸿声断）和《忆秦娥》的"西风"垺同，均当喻指金兵对南宋的进逼。因此，结拍的"梅花"除了上述作为头饰和遣愁之物外，尚含有一定的象征之意。同一位词人在《摊破浣溪沙》（揉破黄金万点轻）中，明明认为"梅蕊"有俗气的一面，而她又这样念念不忘地关切它！这当中无疑含有比自然界的"梅花"本身更值得关切的喻指之事——这就是词人的那颗对故国故家的无比悃诚之心。

【解读】

传本《梅苑》收录署名李清照五首咏梅词。其中《满庭芳》、《玉楼春》、《渔家傲》（雪里已知春信至）三首系早期所作，被收入《梅苑》无可怀疑。另两首《清平乐》和《孤雁儿》显系赵明诚卒后的悼亡之作。赵卒于建炎三年秋，那么咏梅兼悼亡之作最早亦应作于翌年初春梅开之时，而蜀人黄大舆所辑《梅苑》系成书于建炎三年冬。看来，《清平乐》和《孤雁儿》恐非《梅苑》旧本所载，所以这两首词的写作日期不受《梅苑》成书时间所限。这首《清平乐》便是写于晚年的，对自己一生早、中、晚三期带有总结性的追忆之作，即使并非"绝笔"，也不可能是早、中期所作。

从文本的具体词句来看，此词上片的时间跨度约有二十六、七年。前二句是说词人在汴京待字和出嫁不久，那时每当雪如飞絮，梅吐清芬，她便以应时香梅作饰物插在自己的秀发上，那是多么令人陶醉的情景！"挼梅"以下二句所回顾的是中年时光，"梅花"已由娇贵的头饰变为在她手中揉搓的遣愁之物。然而，此物遣愁愁更愁，她那沾满泪水的"罗衣"所饱和的正是与班姑相类似的"婕妤之叹"。此词中又一次出现的"挼梅"意象，则是从前代宫怨、闺怨情词中积淀而来。

下片指国破后的晚年境况。她把自己晚年居住的临安叫做"海角天涯"，说明故都汴京在其心目中有多么重的分量！"萧萧"句言其鬓发之花白稀疏。"看取"以下二句，是以"梅花"将被寒风侵袭的命运，比喻金兵对南宋的进逼，表现出作者对时局的忧虑。因此，结拍的"梅花"，除了在上文分别作为头饰和遣愁之物以外，尚含有一定的象征之意。词人对"梅花"的关切，正是她对故国故家具有一颗无比悃诚之心所致。

附 录

诗文名篇选注

乌 江[1]

生当作人杰，死亦为鬼雄。至今思项羽[2]，不肯过江东[3]。

【注释】

1 乌江：因版本不同，此诗又题作《绝句》和《夏日绝句》。

2 项羽：名籍，秦末农民起义领袖，其所领导的楚军，在推翻暴秦的统治中起过重大作用。秦亡后，在楚汉战争中，项羽被刘邦打败。

3 江东：习惯上称安徽芜湖以下的长江南岸一带为江东。

【解读】

赵明诚因"缒城宵遁"，即用绳子系住从城墙上逃跑，也就是临危失职被罢知江宁府不久，于宋高宗建炎三年（1129）三月便离开金陵古城。赵明诚和李清照原打算在今江西赣江一带择居安家。在从江宁乘船到今安徽芜湖时，舟过和州乌江县。这里建于唐朝的西楚霸王祠在《金石录》中有所记载，舟次江上，前往凭吊，自在情理之中。李清照触景生情，不吐不快……这一切当是此诗的创作背景。

此诗的写作特点主要是语言明白，用事无迹。比如"人杰"和"鬼雄"，看来像是对杰出人物和为国捐躯者加以褒美的口头语，但却不是随意杜撰之辞。"人杰"是刘邦称赞张良、萧何和韩信的话："此三者，皆人杰也。吾能用之，此吾所以取天下也。"(《史记·高祖本纪》)"鬼雄"，出自《楚辞·九歌·国殇》的"身既死兮神以灵，魂魄毅兮为鬼雄"。诗的前两句是说，人活在世上就应该做一个像张、萧、韩那样的治国平天下的豪杰，死后则应该成为像屈原所歌颂的为国捐躯者鬼魂中的枭雄。

后二句用项羽的故事，意谓项羽在生死关头不肯过江苟安，不失为盖世英雄。他在楚汉战争中被刘邦击败，最后从垓下突围至乌江（今安徽和县东北一带）。乌江亭长把船靠岸，请求项羽上船，并说："江东虽小，地方千里，众数十万，亦足王也，愿大王急渡。今独臣有船，汉军至，无以渡。"项羽笑曰："天之亡我，我何渡为！且籍与江东子弟八千人渡江而西，今无一人还，纵江东父兄怜而王我，我何面目见之？纵彼不言，籍独不愧于心乎？"遂自刎而死。（事见《史记·项羽本纪》）

李清照如此钦佩项羽这位末路英雄，这在当时不啻是一种独到之见，亦不失为一种可取的英雄史观。但此诗的意义主要不是在歌颂项羽，而是与她在建炎初年所写的前引二诗联类似，旨在讥讽不图恢复的南宋朝廷和宋高宗的逃跑主义。这首诗虽然只有四句，但蕴含的道理却发人深思，因此不能拘泥于字面而应该看到即使诗人的初衷，也当不全在于对项羽"不肯过江东"本身的称颂。尽管不是在提倡以成败论英雄,但项羽的失败并不是什么值得效仿的英雄行为。此外,诗人提倡生作人杰,死为鬼雄,当类似于今天所说的人要有一点精神、要有志气的意思,而与那种志大才疏、徒有豪言壮语自封的"英雄"是有本质区别的。我们既崇尚那种叱咤风云光彩熠熠的英雄,也看重在日常生活中,默默地燃烧自己照亮他人具有烛光精神,和那种消耗自己滋补他人,具有"维他命"素质的无名英雄。"别姬"固不失为悲剧之美,而佳人江山两全岂不更好!

上枢密韩公诗二首 并序[1]

绍兴癸丑五月,枢密韩公、工部尚书胡公使虏,通两宫也。有易安室者,父祖皆出韩公门下,今家世沦替,子姓寒微,不敢望公之车尘。又贫病,但神明未衰落,见此大号令,不能忘言。作古、律诗各一章,以寄区区之意,以待采诗者云。

其 一

三年夏六月[2],天子视朝久[3]。凝旒望南云[4],垂衣思北狩[5]。如闻帝若曰:岳牧与群后[6],贤宁无半千,运已遇阳九[7]。勿勒燕然铭[8],勿种金城柳[9],岂无纯孝臣,识此霜露悲[10]。何必羹舍肉[11],便可车载脂[12]。土地非所惜,玉帛如尘泥[13]。谁可当将命?币厚辞益卑[14]。四岳佥曰俞,臣下帝所知[15]。中朝第一人[16],春官有昌黎[17]。身为百夫特[18],行足万人师。嘉祐与建中[19],为政有皋夔[20]。匈奴畏王商[21],吐蕃尊子仪[22]。夷狄已破胆,将命公所宜[23]。公拜手稽首,受命白玉墀[24]。曰臣敢辞难,此亦何等时!

家人安足谋，妻子不必辞[25]。愿奉天地灵，愿奉宗庙威[26]。径持紫泥诏，直入黄龙城[27]。单于定稽颡[28]，侍子当来迎[29]。仁君方恃信，狂生休请缨[30]。或取犬马血，与结天日盟[31]。胡公清德人所难，谋同德协必志安[32]。脱衣已被汉恩暖[33]，离歌不道易水寒[34]。皇天久阴后土湿，雨势未回风势急[35]。车声辚辚马萧萧，壮士懦夫俱感泣[36]。闾阎嫠妇亦何知，沥血投书干记室[37]。夷虏从来性虎狼，不虞预备庸何伤[38]？衷甲昔时闻楚幕[39]，乘城前日记平凉[40]。葵丘践土非荒城[41]，勿轻谈士弃儒生[42]。露布词成马犹倚[43]，崤函关出鸡未鸣[44]。巧匠何曾弃樗栎，刍荛之言或有益[45]。不乞隋珠与和璧，只乞乡关新信息[46]。灵光虽在应萧条[47]，草中翁仲今何若[48]。遗氓岂尚种桑麻，残虏如闻保城郭[49]。嫠家父祖生齐鲁，位下名高人比数[50]。当时稷下纵谈时[51]，犹记人挥汗成雨[52]。子孙南渡今几年，飘零遂与流人伍[53]。欲将血泪寄山河，去洒东山一抔土[54]。

【注释】

1　此诗录自赵彦卫《云麓漫抄》卷一四。《宋诗纪事》卷八七等亦载录此诗，题作《上枢密韩公、工部尚书胡公》，并从"胡公"句起，将古体的一首分作两首。这与清照自序所云"作古、律各一章"不合。今从《云麓漫抄》作古、律各一首。由诗前小序可知，诗是写于宋高宗绍兴三年（1133）。是年春夏间，任军机防务最高机关——枢密院副长官的韩肖胄奉命出使金朝，给事中胡松年以试工部尚书身份任使金副使，去探望被俘在金的宋徽宗赵佶和钦宗赵桓。韩肖胄的曾祖韩琦在仁宗、英宗、神宗三朝为相，祖父韩忠彦在徽宗建中靖国为相。李清照的祖父、外祖父和父亲可能曾得到过他们的举荐，故谓出其门下。韩、胡使金在当时是件大事，李清照说自己家门衰微，不敢去拜见他们，便写是诗表达她对南宋的一片忠爱之心。

2　三年夏六月：诗序则云："癸丑五月。"史书记载韩肖胄奉命使金事在五月，诗云"六月"，当系笔误。

3　视朝：君主临朝听政。见《旧唐书·职官志二》。

4　凝旒（liú）：《旧唐书·刘洎传》："陛下降恩旨，假慈颜。凝旒以听其言，虚襟以纳其说……"凝，专注。旒，《礼记·玉藻》："天子玉藻，十有二旒。"原为古代帝王冕冠前后悬垂的玉串，后用以代指帝王。凝旒指皇帝凝神专注。南云：陆机《思亲赋》："指南云以寄款，望归风而效诚。"陆机原籍为吴郡华亭（今上海松江），后到洛阳等地，南云可释为飘往故家南方之云，后用为思亲念乡之辞。此处当指南来之云。

5　垂衣：《易·系辞下》："黄帝尧舜垂衣裳而天下治。"用以称颂帝王的无为而治。北狩：原为狩猎北方，此处作为徽、钦二帝被俘于北方的讳称。以上四句意谓：绍兴三载六（五）月间，高宗听政好几年。神情专注思亲眷，治理有方父兄念。对这几句颂扬宋高宗赵构的话，可理解为借颂扬之辞寄寓鞭策之意。

6　岳牧与群后：指群臣百官。见《尚书·舜典》、《尚书·周官》等。

7　半千：即员半千。《新唐书·员半千传》："半千始名馀庆……对诏高第，已能讲《易》、《老子》。长与何彦光同事王义方，以迈秀见赏。义方常曰：'五百载一贤者生，子宜当之。'因改今名。"阳九：指灾难之年或厄运。见《汉书·律历志上》。又《汉书·食货志上》："予遭阳九之厄，百六之会，枯旱霜蝗，饥馑荐臻。"以上四句意谓：仿佛闻听皇帝言，朝廷上下多百官。岂无贤臣似半千，时运不佳好艰难。

8　燕（yān）然铭：《后汉书·窦宪传》记载：东汉永元元年（89），窦宪与耿秉击败北匈奴，"遂登燕然山，出塞三千馀里，刻石勒功，纪汉威德，令班固作铭。"铭文见《后汉书》及《文选》。燕然山，即今蒙古人民共和国杭爱山。

9　金城柳：《世说新语·言语》："桓公北伐，经金城，见前为琅邪时种柳，皆已十围，慨然曰：'木犹如此，人何以堪！'攀枝执条，泫然流泪。"以上二句意谓：不要像窦宪那样刻石纪功,也不必像桓温那样种柳兴叹。

10　纯孝:《左传·隐公元年》:"颍考叔,纯孝也。爱其母,施及庄公。"指所谓完美无缺的孝行。霜露悲:《礼记·祭义》:"霜露既降,君子履之,必有凄怆之心,非其寒之谓也。"此二句意谓:难道没有像颍考叔那样的纯孝之臣,能够知道皇上的悲凉非为霜寒,而是为思念父兄而产生的凄怆之心吗?

11　羹舍肉:《左传·隐公元年》:庄公赐食颍考叔,考叔则"食舍肉。公问之,对曰:'小人有母,皆尝小人之食矣,未尝君之羹,请以遗之。'"

12　载脂:语出《诗·邶风·泉水》,意谓以油脂涂车轴,以利行车。以上二句意谓:不必念母舍肉餐,车子润滑把路赶。

13　玉帛:指财富。《左传·僖公二三年》:"子女玉帛,则君有之;羽毛齿革,则君地生焉。"

14　将命:奉命。《仪礼·聘礼》:"将命于朝。"郑玄注:"将犹奉也。"以上四句当系有感而发且含有强烈的讽刺意味。因为《续资治通鉴》卷一一四载:"帝曰:卿等此行(指使者往金国通问),不须与人计较言语,卑词厚礼,岁币、岁贡之类不须较。"李清照则针锋相对,她的这四句诗其意当是:社稷国土不爱怜,玉帛财富尘样贱。倘无胜任外交官,越赔大钱越卑贱。

15　"四岳"二句:意谓唯唯诺诺众高官,朝臣如何帝了然。以上二十句为一大段。此段从正反两方面多处引经据典，仿佛在苦口婆心地嘱咐使者放心上路，路上走好。与对方打交道时应十分爱惜江山和钱财，绝不能轻易割地赔款，要鄙视那种丧权辱国者并以之为鉴戒，从而做一个胜任的外交官。

16　中朝第一人：语见苏轼《送子由使契丹》诗的"单于若问君家世，莫道中朝第一人"。当年苏轼用《新唐书·李揆传》之事：李揆被德宗认为门第、人物、文学"皆当世第一"。李奉旨出使吐蕃，吐蕃酋长问曰："闻唐有第一人李揆，公是否？"李答道："彼李揆安肯来耶？"清照则取苏句中肯定语气用以称颂韩肖胄。

17　春官：《周礼》六官之一，掌典礼。《周礼·春官·宗伯》："乃立春官宗伯，使帅其属而掌邦礼，以佐王和邦国。"后以春官为礼部的通称。昌黎：指韩愈。其祖籍昌黎，世称韩昌黎。此处以"韩"姓喻指肖胄。

18　百夫特：语见《诗·秦风·黄鸟》："维此奄息，百夫之特。"朱熹《集传》："特，杰出之称。"以上四句意谓：朝中之臣谁最贤？独占鳌头尊姓韩。百人里头最能干，万人之中称模范。

19　嘉祐：宋仁宗的年号。其时韩肖胄的曾祖韩琦为相。建中：即建中靖国，宋徽宗的年号。其时韩肖胄的祖父韩忠彦为相。

20　皋夔（gāo kuí）：均为舜时大臣，此处借指贤臣。皋，皋陶（yáo）的简称，舜时掌管刑法。夔掌管典乐。此处以皋夔比喻韩琦和韩忠彦。以上二句称颂韩肖胄的曾祖韩琦、祖父韩忠彦,身任宰相堪称贤。

21 "匈奴"句:《汉书·王商传》:"(王商)有威重,长八尺馀,身体鸿大,容貌甚过绝人。河平四年,单于来朝,引见白虎殿。丞相商坐未央庭中。单于前拜谒商,商起离席与言。单于仰视商貌,大畏之,迁延却退。天子闻而叹曰:'此真汉相矣。'"

22 吐蕃尊子仪:唐代宗时,仆固怀恩叛变,纠合回纥、吐蕃攻唐。唐大将郭子仪说服回纥首领与唐联兵,以拒吐蕃。(见《新唐书·郭子仪传》)清照句中的"吐蕃"疑为"回纥"之误。以上四句意谓:曾祖韩琦祖忠彦,身任宰相堪称贤。汉相王商好威严,匈奴畏惧仰面看;唐代子仪令名传,折服回纥不须战。

23 "夷狄"二句:《行状》云:"戎狄尤畏公名。凡使契丹及来使者,必问:'韩侍中(指韩琦)安否,今何在?'其子忠彦使幕北,虏主问左右:'孰屡使南朝,识韩侍中,观忠彦貌类父否?'或对曰'颇类',乃即宴坐,命画工图之而去。"此材料今日虽出自李清照不可能看到的朱熹《三朝名臣言行录》卷一,但在其叙韩琦时所引这一《行状》(当为《丞相仪国韩公行状》),李清照既可目睹,更可耳闻。《行状》所记韩琦、韩忠彦之威名,恰与王商、郭子仪相埒,故引以为比。此二句意谓:韩门祖辈威不减,异族已被吓破胆,公系出使好人选。

24 "公拜"二句:意谓韩肖胄奉命出使作揖跪拜礼周全,白玉台阶受派遣。稽(qǐ)首,古时一种跪拜礼。

叩头至地，是九拜中最恭敬者。见《周礼·春官·大祝》贾公彦疏。玉墀（chí），对台阶的美称。

25 "曰臣"四句：《续资治通鉴》卷一一二载韩肖胄临行入辞曰："今大臣各徇己见，致和战未有定论。然和议乃权时宜以济艰难，他日国步安强，军声大振，理当别图。今臣等已行，愿毋先渝约。或半年不复命，必别有谋，宜速进兵，不可因臣等在彼间而缓之也。""肖胄母文氏，闻肖胄当行，为言：'韩氏世为社稷臣，汝当受命即行，勿以老母为念。'帝闻之，诏特封荣国太夫人以宠其节。"此当为清照所缘之事，其诗意谓：为臣不敢辞困难，此时此刻非等闲。高堂老母莫挂牵，妻子儿女不必念。

26 宗庙：此处作为王室的代称。《汉书·霍光传》："伊尹相殷，废太甲以安宗庙。"安宗庙，安定江山社稷之谓。二句意谓敬奉天地有灵验，皇恩浩荡威风添。

27 紫泥诏：古代文书、信函用泥封，并加盖印记。尊者书缄用紫泥封。《西京杂记》卷四："中书以武都紫泥为玺室，加绿绨其上。"此指用紫泥封的诏书。黄龙城：金故都。岳飞所谓"直抵黄龙"，即此地，在今吉林农安。此二句意谓：自持诏命有大权，直入金朝城里边。

28 单于：匈奴最高首领的称号。稽（qǐ）颡：古代的一种跪拜礼。屈膝下拜，以额触地，居丧答拜宾客时行之，表示极度的悲痛和感谢。或于请罪、投降时行之，表示极度的惶恐。见《仪礼·士丧礼》和《汉书·李广传》。

29 侍子：古代诸侯王遣子入侍天子，所遣之子称

"侍子"。以上二句意谓：首领跪拜甚恐惶，侍子前来迎接忙。

30　仁君：对有位望者的尊称。此指韩肖胄。狂生：狂妄无知的人。请缨：《汉书·终军传》："（汉武帝）乃遣军使南越，说其王，欲令入朝，比内诸侯。军自请，愿受长缨，必羁南越王而致之阙下。"后因以请缨喻投军报国。此二句意谓：韩公威仪靠信仰，投军不须愚且莽。

31　犬马血：《史记·平原君虞卿列传》："毛遂谓楚王之左右曰：'取鸡狗马之血来。'遂奉铜槃而跪进之楚王，曰：'王当歃血而定从（纵）。'"订盟时，口含犬马血或将血涂于口旁，即歃血为盟。天日盟：对天发誓。此二句意谓：犬马之血涂嘴上，结盟牢固又久长。以上为全诗第二大段，礼赞韩肖胄，深信其不辱使命，并像他的祖辈那样既贤良又威风。还望他公而忘私，对老母妻儿不必挂牵。

32　"胡公"二句：《宋史·胡松年传》："方秦桧秉政，天下识与不识，率以疑忌置之死地，故士大夫无不曲意阿附为自安计。松年独鄙之，至死不通一书，世以此高之。"清照亦当以此高之。此二句意谓：德如胡公难上难，同谋协力人心安。

33　"脱衣"句：《史记·淮阴侯列传》载：项羽使武涉劝说韩信归楚，韩信谢曰："汉王授我上将军印，予我数万众，解衣衣我，推食食我，言听计用，故吾得以至于此。夫人深亲信我，倍之不祥，虽死不易，幸为信谢项王。"

34　"离歌"句：《战国策·燕策》载，荆轲将为燕太子丹往秦行刺秦王，丹在易水（今河北易县境）边上为他饯行。高渐离击筑，荆轲和而歌曰："风萧萧兮易水寒，壮士一去兮不复还！"后人称为《易水歌》。此句的"离歌"即指《易水歌》。

35　"皇天"二句：《左传·僖公十五年》："君履后土而戴皇天，皇天后土，实闻君之言。"皇天、后土合称天地。此二句意谓：皇天后土湿又暗，连绵阴雨未下完，风力迅猛又凶险。即以天气喻时势。

36　"车声"二句：隐括杜甫《兵车行》诗的"车辚辚，马萧萧，行人弓箭各在腰。爷娘妻子走相送，尘埃不见咸阳桥。牵衣顿足拦道哭，哭声直上干云霄"等句意，以状韩、胡使金之悲壮。辚辚，状车声；萧萧，喻马鸣，意谓：车声辚辚响成片，马声萧萧不间断；壮士懦夫有共感，同声哭泣好悲惨。

37　闾阎：原指里巷的门，可借指里巷。《西都赋》："内则街衢洞达，闾阎且千。"亦可借指平民。此处指平民居住的里巷。嫠（lí）妇：《左传·昭公十九年》："莒有妇人，莒子杀其夫，已为嫠妇。"嫠妇即寡妇。此为李清照自指。韩愈《归彭城》诗："刳肝以为纸，沥血以书辞。"沥血：形容竭诚相示或相托。干：求取、拜托。记室：《后汉书·百官志一》："记室令史，主上表章，报书记。"东汉官制，太尉属官有记室令史，太守、都尉属官有记室史。后世诸王、三公及大将军幕府也设置记室参军。故记室即掌书记、秘书之职。此二句意谓：里巷寡妇少识见，不敢投书于尊前，只好拜托秘书官。

38　不虞：意料不到的。《诗·大雅·抑》："用戒不虞。"此二句意谓：金人性情如虎狼，防范不测免上当。

39　衷甲：将甲穿在衣服里面。《左传·襄公二十七年》："将盟于宋西门之外，楚人衷甲。"杜预注："甲在衣中。"《后汉书·董卓传》："（李肃）以戟刺之，衷甲不入，伤臂堕车。"

40　乘城：守城。《旧唐书·马燧传》载：唐德宗贞元三年（787）五月，侍中浑瑊与蕃相尚结赞盟于平凉，为蕃军所劫，损将士六十馀人，仅浑瑊狼狈逃还。记平凉：记取平凉中计被劫的教训。

41　"葵丘"句：《孟子·告子下》："五霸，桓公为盛。葵丘之会，诸侯束牲载书而不歃血。"葵丘，春秋时宋国地名，在今河南考城县东三十里。《后汉书·公孙瓒传》："晋文为践土之会。"践土，春秋时郑国地名，在今河南荥阳东北一带。

42　"勿轻"句：《史记·刘敬叔孙通列传》："诸弟子儒生随臣久矣。"儒生，崇尚孔子学说的文人或泛指读书有学识的人。

43　"露布"句：《后汉书·李云传》："云素刚，忧国将危，心不能忍，乃露布上书。"李贤注："露布，谓不封之也。"封演《封氏闻见记》卷四："露布，捷书之别名也。诸军破贼，则以帛书建诸竿上，兵部谓之'露布'。盖自汉以来有其名。所以名'露布'者，谓不封检露而宣布，欲四方速知。"露布，此处指不加检封、便于公开宣布的军中紧急文书。《世说新语·文学》："桓宣武北征，袁虎时从，被责免官。会须露布文，唤袁倚马前令作。手不辍笔，俄得七纸，殊可观。"马犹倚，指袁虎倚马顷撰露布文之事。

44 "崤函"句：《史记·孟尝君列传》："孟尝君得出，即驰去，更封传，变名姓以出关。夜半至函谷关。秦昭王后悔出孟尝君，求之已去，即使人驰传逐之。孟尝君至关，关法鸡鸣而出客，孟尝君恐追至，客之居下坐者有能为鸡鸣，而鸡齐鸣，遂发传出。出如食顷，秦追果至关，已后孟尝君出，乃还。始孟尝君列此二人于宾客，宾客尽羞之，及孟尝君有秦难，卒此二人拔之。自是之后，客皆服。"崤函，即函谷关，在今河南灵宝。

45 "巧匠"二句：《庄子·逍遥游》："吾有大树，人谓之樗，其大本拥肿而不中绳墨，其小枝卷曲而不中规矩，立之涂，匠者不顾。"《人间世》："匠石之齐，至于曲辕，见栎社树……是不材之木也，无所可用。"后因以樗（chū）栎比喻无用之材。《诗·大雅·板》："先民有言，询于刍荛。"刍荛，原指割草打柴的人，后多用于指草野之人。

46 "不乞"二句：《淮南子·览冥训》："譬如隋侯之珠，和氏之璧，得之者富，失之者贫。"高诱注："隋侯，汉东之国，姬姓诸侯也。隋侯见大蛇伤断，以药傅之。后蛇于江中衔大珠以报之，因曰隋侯之珠，盖明月珠也。"隋珠，即隋侯之珠。和璧，《韩非子·和氏》载：春秋时，楚人卞和于山中得一璞玉，献给厉王。厉王使玉工辨识，玉工说是石头，以欺君之罪断卞和左足。后武王即位，卞和又献璞，仍以欺君罪再断其右足。及文王即位，卞和抱璞玉哭于楚山。文王得知而使人问卞，卞曰："吾非悲刖（yuè，把脚砍掉）也，悲夫宝玉而题之以石，贞士而名之诳。"文王使人剖璞，果得宝玉。因称"和氏璧"，简称"和璧"。

47　"灵光"句：王延寿《鲁灵光殿赋》："鲁灵光殿者，盖景帝程姬之子恭王余之所立也。初恭王始都下国，好治宫室，遂因鲁僖基兆而营焉。遭汉中微，盗贼奔突，自西京未央、建章之殿，皆见隳坏，而灵光岿然独存。意者岂非神明依凭支持，以保汉室者也，然其规矩制度，上应星宿，亦所以永安也。"后因称仅存的人物为"鲁殿灵光"。灵光，语见庾信《哀江南赋》："况复零落将尽，灵光岿然。"比喻知交死亡将尽，惟有自己还在，有如灵光殿之岿然独存。此处诗人当以"灵光"喻其留在"乡关"的亲属、友好。

48　翁仲：相传秦阮翁仲身长一丈三尺，异于常人，始皇命其出征匈奴，死后铸铜像立于咸阳宫司马门外。后因称铜像、石像为"翁仲"。《史记·陈涉世家》："铸以为金人十二。"司马贞索隐："各重千石，坐高二丈，号曰翁仲。"此处的"翁仲"当与柳宗元《衡阳与梦得分路赠别》诗的"翁仲"同意,当指墓前石人。

49 "遗氓"二句:意谓担心乡亲被"夷"化。城郭,指内城与外城,泛指城邑。

50 嫠家:李清照自指。作此诗时其前夫赵明诚已逝世五年;再嫁约百日即与后夫张汝舟离异,是时清照寡居约一年。齐鲁:二古国名。齐建都营丘(即今山东淄博),诗人原籍今山东章丘属古齐国。鲁建都曲阜(今山东曲阜),与诗人原籍毗连。

51 稷下:战国时各学派荟萃的地方。即齐国都城临淄(今山东淄博)稷门(西边南首门)附近地区。齐宣王继其祖桓公、父威王而在此扩置学宫,招揽文学游说之士数千人,任其讲学议论。见《史记·孟子荀卿列传》和《田敬仲完世家》等。

52 挥汗成雨:《战国策·齐策一》:"临淄之途,车毂击,人肩摩,连衽成帷,举袂成幕,挥汗成雨。"此句形容人多。

53 南渡:指北宋亡,南宋高宗渡江而南,都于临安。流人:流亡在外的人,诗人现已沦为流人。

54 东山:《孟子·尽心上》:"孔子登东山而小鲁,登泰山而小天下。"在宋朝,人们习惯地把今天的山东一带叫做东山、东郡或东州。当年苏轼称自己知密州为"赴东郡"或"知东州"。写此诗时,李清照身在杭州而心系被金人占领的故乡,愿为收复故土抛洒一腔热血。

【解读】

　　这是一首长达八十句的杂言古体诗。上半首是五言，下半首是七言。全诗大致可分为四段：第一段从开头到"臣下"句，大意是说，绍兴三载六月间，高宗听政好几年。神情专注思亲眷，治理有方父兄念。仿佛闻听皇帝言，朝廷上下多百官。岂无贤臣似半千，时运不佳好艰难。不必记功做宣传，不要种柳徒慨叹。岂无孝臣考叔般，知此悲凉非为寒。不必愚孝弃肉餐，车子润滑把路赶。社稷国土不爱怜，玉帛财富尘样贱。倘无胜任外交官，越赔大钱越卑贱。唯唯诺诺是达官，臣子如何帝了然。此段的第一句"三年夏六月"，小序云"癸丑五月"。史书记载韩肖胄奉命使金事在五月，诗云"六月"，是指临行之时。这一段字面上有几句颂扬宋高宗赵构的话，还说他思念被俘在金的父兄云云，这可理解为借颂扬之辞寄寓鞭策之意。此段从正反两面多处引经据典，仿佛在苦口婆心地嘱咐使者一路上吃好、走好，与对方会盟时应十分爱惜江山和钱财，绝不能轻易割地赔款，要鄙视那种丧权辱国者并以之为鉴戒，从而做一个胜任的外交官。诗中有这样几句："土地非所惜，玉帛如尘泥。谁当可将命，币厚辞益卑。"而"帝曰：卿等此行（指使者往金国通问），不须与人计较言语，卑词厚礼，岁币、岁贡之类不须较"（《续资治通鉴》卷一一四）。两相对照，诗人所讥讽的正是赵构亲口所授屈膝求和之意，在此，表现了诗人何等的见识和胆量！

第二段的大意用今天的口语说当是这样的：朝中之臣谁最贤？独占鳌头尊姓韩。百人里头最能干，万人之中称模范。曾祖韩琦祖忠彦，身任宰相堪称贤。汉相王商好威严，匈奴畏惧仰面看；唐代子仪令名传，折服回纥不须战。韩门祖辈威不减，异族已被吓破胆，公系出使好人选。作揖跪拜礼周全，白玉台阶受派遣。为臣不敢辞困难，此时此刻非等闲。高堂老母莫挂牵，妻子儿女不必念。敬奉天地有灵验，皇恩浩荡威风添。自持诏命有大权，直入金朝城里边。首领跪拜甚恐慌，侍子前来迎接忙。韩公威仪靠信仰，投军不须愚且莽。犬马之血涂嘴上，结盟牢靠又久长。这一段是礼赞韩肖胄，深信他一定不辱使命，像他的祖辈那样既贤良又威严，还望他公而忘私，对高堂老母和妻子儿女不必挂牵。

第三段开始顺及胡松年，其大意是：德如胡公难上难，同谋协力人心安。"解衣衣我"韩信言，今日亦感宋恩暖；使金刺秦不一般，临别不唱"易水寒"。皇天后土湿又暗，连绵阴雨未下完，风力迅猛又凶险。车声辚辚响成片，马声萧萧不间断；壮士懦夫有共感，同声哭泣好悲惨。里巷寡妇少识见，滴血投书秘书官。金人性情如虎狼，防范不测免上当。铠甲外面穿衣裳，先前楚人就这样；当年唐朝上过当，今日守城严提防，平凉教训不能忘。葵、践二城不荒凉，齐桓、晋文盟主当。擅谈之人读书郎，不能轻看丢一旁。袁虎虽曾被罢官，飞笔撰文倚马完；函谷鸡鸣未曙天，客助孟尝脱了险。臭椿柞树匠不嫌，有益或出樵夫言。这一段开头的那句恭维副使胡松年的话，可视为表面文章，而"离歌不道易水寒"以下十七句更耐人寻味，它不仅指出此次使金与当年荆轲刺秦王高唱《易水歌》不同，使命更为重大，要注意衷甲裹身提防不测，更提醒使者既不要轻视读书人和被免官的人，也不要看不起所谓鸡鸣狗盗之徒，特别是那些被叫作"樗栎"的"无用之材"和被视为"刍荛"的草野之人，关键时刻他们可能起很大作用，要像巧匠那样眼里没有无用之材。

第四段的大意是：珠璧珍宝我不馋，只望家乡消息传。幸存亲友应寂然，墓前石人今哪般？乡关齐鲁已沦陷，遗民岂种桑麻田，金人失势缩城垣。父祖生于齐鲁间，地位不高名声显。战国临淄多学馆，文士数千任其谈，人群挥汗如雨般。子孙南渡没几年，已经变成流浪汉。欲将血泪寄河山，先人坟土得浇灌！这一段集中抒发诗人的爱国衷情，她说最关心的是来自家乡的消息，这消息比珠璧更为宝贵。为了收复失地，她不惜牺牲自己，愿将一腔热血洒在齐鲁大地！

诗文中引用古代故事和有来历的词语叫用典。此诗不仅用典多而且僻典不少，这算不算是文辞堆砌或"掉书袋"？恐怕不算。因为作者不是无谓地堆砌和专门显示渊博，而主要是为了淋漓尽致地剖白自己倾慕古贤、瓣香韩门、衷爱桑梓、舍身报国的一片赤子之心。而她那"我以我血荐轩辕"般的气概，有谁能不为之倾倒？此诗之旨，惟国是爱也!

其 二[1]

想见皇华过二京[2],壶浆夹道万人迎[3]。连昌宫里桃应在[4],华萼楼前鹊定惊[5]。但说帝心怜赤子,须知天意念苍生[6]。圣君大信明如日,长乱何须在屡盟。

【注释】

1 其二:有的版本或论著中,尝将总题为《上枢密韩公诗》分为五言一首,七言又一首,这首律诗标为"其三",疑误。兹据诗序作"其二"。

2 二京:指北宋时的东京(今河南开封)和南京(今河南商丘),为南宋使者出使金朝的必经之路。

3 壶浆:语出《孟子·梁惠王下》的"以万乘之国,伐万乘之国,箪食壶浆,以迎王师"。意谓用竹篮盛着饭,用瓦壶盛着酒浆,来欢迎和犒劳军队。这里借指欢迎南宋使臣。

4 连昌宫:唐代宫殿,在今河南洛阳。元稹乐府《连昌宫词》有"连昌宫中满宫竹,岁久无人森似束。又有墙头千叶桃,风动落花红蔌蔌"。这里借连昌宫、千叶桃代指北宋宫殿及其满目破败荒凉的景象。

5　花萼楼：原是长安唐玄宗时的花萼相辉楼，这里亦借指北宋宫室。颔联承首联所云使者过二京时上万人夹道欢迎的情景，进一步拟想旧时宫殿的花木、鸟鹊也将以惊喜的心情迎候这两位大得人心的使者。

6　赤子：原谓初生婴儿色赤，后谓百姓为赤子。苍生：本指生草木之处，后借指百姓。

【解读】

这首七律，与前面的那首杂言古体相比，更具讽刺意味。

首联出句"皇华"，意谓极大的光华。《诗·小雅·皇皇者华》，序谓为君遣使臣之作，并云"送之以礼乐，言远而有光华"，后来遂用"皇华"作使人或出使的典故，含有不辱使命之意，在此恰当地表达了清照对韩、胡二位使者的殷切期望。鉴于颈、尾二联分别写皇上对人民有怜悯之心，上天也同情受苦的老百姓，甚至称颂高宗为圣明君主，还说他的信义好像白日一样光明，有人或许会认为诗人在讨好帝王大臣，还可能怀疑她写此诗的目的是为报答"韩公"对她"父祖"的荐举之恩。假如这样看，那就是对诗人诗作的误解。诗人之所以发出"帝心怜赤子"、"天意念苍生"这样的议论，那是为了说明恢复宋朝的江山社稷，不只是人间的众望所归，也是上天的意愿所向。至于"圣君大信明如日"句，其旨绝非是颂扬赵构，尾联上下句的搭配，恰恰是对赵构妥协政策的讥讽和批评。

"长乱"句典出《诗·小雅·巧言》中"君子屡盟，乱是用长"一句，意思是说假如不图恢复，愈是一次又一次地会盟讲和，愈是助长祸乱。对苟安妥协的南宋朝廷来说，这岂不是一种逆耳的忠言？应该说此诗很有现实针对性，它比前首更具有讽刺意味。因为宋高宗赵构为了保住自己的皇位，一不顾社稷江山，二不管父兄在金受苦受难，一味地向金人大量地进贡赔钱，他很爱听黄潜善、汪伯彦之劝和、说降的"巧言"，甚至不顾脸面地把金人作为叔叔看。如果不是一种强烈爱国情感的驱使，女诗人怎么敢冒这种与皇帝唱反调、从而可能触犯龙颜的危险？

非常值得玩味的是，八句诗中两次引用《诗经》之典，而且都与收复失地、维护国家尊严有关。在爱国有罪的时代背景下，女诗人所显示的是一种多么难能可贵的品格和情操！千载之后，这首诗仍然能激发自尊自立的民族信念，它与前面的古体诗相互补充，堪称是"嫠不恤纬，惟国是爱"的亘古罕见之章！

题八咏楼[1]

千古风流八咏楼,江山留与后人愁。水通南国三千里,气压江城十四州[2]。

【注释】

1 八咏楼:原名玄畅楼。南朝齐诗人沈约任东阳(今浙江金华)太守期间,写了总题为《八咏》的八首诗题于玄畅楼壁,时号"绝唱",后人因而将玄畅楼改名为八咏楼。

2 十四州:《宋史·地理志》载两浙路府二,州十二,故云十四州。

【解读】

略加浏览,便不难发现,除了有志于宰辅之职的沈约,因不被朝廷所用而作"八咏"组诗抒发其内心愁怨之外,历代尝有几难胜数的"玄畅"、"八咏"之作,其中严维的《送人入金华》诗"明月双溪水,清风八咏楼。昔年为客处,今日送君游",亦不失为佳作。面对前人诸多或有气势,或堪称清词丽句之诗章,李清照没有步他们的后尘,去抒发什么个人得失或旧雨之念,她时刻难以忘怀的是社稷之忧和江山之虑,因此,当她慕名来到八咏楼,领略了兹楼"危峰带北阜,高顶出南岑"(沈约诗句)的雄姿壮采，所咏唱的这首诗，以之与前人相比，显见其高屋建瓴之势。

首句"千古风流八咏楼"，可谓一语写尽斯楼之风流倜傥，笔调轻灵潇洒，比摹真写实更为生动传神。次句"江山留与后人愁"紧承前句，意谓像八咏楼这样千古风流的东南名胜，留给后人的不但不再是逸兴壮采，甚至也不只是沈约似的个人忧愁，而是为大好河山可能落入敌手生发出来的家国之愁。对于这种"愁"，李清照在其诗文中曾多次抒发过。事实证明，她的这种"江山之愁"不是多余的，因为"金人连年以深秋弓劲马肥入寇，薄暑乃归。远至湖、湘、二浙，兵戎扰攘，所在未尝有乐土也"（《鸡肋编》卷中）。具体说来，继汴京沦陷、北宋灭亡之后，南宋朝廷的驻跸之地建康、杭州也先后一度失守。曾几何时，金兵直逼四明，高宗只得从海路逃遁。眼下作为行在的临安，又一次受到金、齐合兵进犯的严重威胁。即使敌人撤回原地，如果不对其采取断然措施，打过淮河去，收复北方失地，而是一味用土地、玉帛、金钱奴颜婢膝地去讨好敌人，那么性如虎狼的"夷虏"永远不会善罢甘休，南宋的大好河山就没有安全保障。这当是诗人赋予"江山留与后人愁"的深层意蕴，也是一种既宛转又深邃的爱国情怀。

"水通"二句，或对贯休《献钱尚父》诗的"满堂花醉三千客，一剑霜寒十四州"及薛涛《筹边楼》诗的"壮压西川四十州"有所取意。对前者主要是以其"三千里"

之遥和"十四州"之广极言婺州（今浙江金华）地位之重要；对后者改"壮压"为"气压"，其势比薛诗更加壮阔。看来这不仅是文字技巧问题。上述二诗之所以能够引起李清照的兴趣，主要当是因为薛诗对"边事"的关注和贯诗中所表现出的精神气骨。关于贯诗还有一段颇有趣的故事：婺州兰溪人贯休是晚唐时的诗僧。在钱镠称吴越王时，他投诗相贺。钱意欲称帝，要贯休改"十四州"为"四十州"，才能接见他。贯休则以"州亦难添，诗亦难改"作答，旋裹衣钵拂袖而去。后来贯休受到前蜀王建的礼遇，被尊为"禅月大师"。贯休宁可背井离乡远走蜀川，也不肯轻易把"十四州"改为"四十州"。李清照对这类诗句的借取，或是为了讥讽不惜土地的南宋朝廷。

此诗气势恢宏而又宛转空灵，这样写来，既有助于作品风格的多样化，亦可避免雷同和标语口号化的倾向。虽然好的标语口号富有鼓动性，在一定条件下是必要的，但它不是诗，条件一旦有变，它也就失去了作用，从而被人所遗忘。李清照的这首《题八咏楼》历时八九百年，馀韵犹在，仍然撼动人心，这当与其使事用典的深妙无痕息息相关。惟其如此，女诗人关于八咏楼的题吟，不仅压倒了在她之前的诸多"须眉"，其诗还将与"明月双溪水，清风八咏楼"一样，万古长青！

词　论[1]

乐府声诗并著[2],最盛于唐。开元、天宝间[3],有李八郎者[4],能歌擅天下。时新及第进士[5],开宴曲江[6],榜中一名士,先召李,使易服隐名姓,衣冠故敝,精神惨沮[7],与同之宴所,曰:"表弟愿与坐末。"众皆不顾。既酒行乐作,歌者进,时曹元谦、念奴为冠[8]。歌罢,众皆咨嗟称赏[9]。名士忽指李曰:"请表弟歌。"众皆哂[10],或有怒者。及转喉发声,歌一曲,众皆泣下。罗拜[11],曰:"此李八郎也。"

自后郑卫之声日炽[12],流靡之变日烦。已有《菩萨蛮》、《春光好》、《莎鸡子》、《更漏子》、《浣溪沙》、《梦江南》、《渔父》等词[13],不可遍举。

五代干戈[14],四海瓜分豆剖,斯文道熄[15]。独江南李氏君臣尚文雅,故有"小楼吹彻玉笙寒"、"吹皱一池春水"之词[16],语虽奇甚,所谓"亡国之音哀以思"也[17]。

逮至本朝,礼乐文武大备,又涵养百馀年,始有柳屯田永者,变旧声,作新声,出《乐章集》，大得声称于世，虽协音律，而词语尘下[18]。又有张子野、宋子京兄弟[19]、沈唐、元绛、晁次膺辈继出[20]，虽时时有妙语，而破碎何足名家。至晏元献、欧阳永叔、苏子瞻[21]，学际天人，作为小歌词，直如酌蠡水于大海[22]，然皆句读不葺之诗尔[23]，又往往不协音律者。何耶？盖诗文分平侧[24]，而歌词分五音，又分五声，又分六律，又分清浊轻重[25]。且如近世所谓《声声慢》、《雨中花》、《喜迁莺》，既押平声韵，又押入声韵；《玉楼春》本押平声韵，又押上、去声，又押入声。本押仄声韵，如押上声则协；如押入声，则不可歌矣[26]。王介甫、曾子固，文章似西汉，若作一小歌词，则人必绝倒，不可读也[27]。乃知别是一家，知之者少[28]。后晏叔原、贺方回、秦少游、黄鲁直出[29]，始能知之。又晏苦无铺叙[30]；贺苦少典重；秦即专主情致，而少故实[31]，譬如贫家美女，虽极妍丽丰逸，而终乏富贵态；黄即尚故实，而多疵病，譬如良玉有瑕，价自减半矣[32]。

【注释】

1　此篇原题已无考。目前所见第一位著录此文的人是南宋胡仔，其在《苕溪渔隐丛话》后集卷三三《晁无咎》条中引及此文时，称"李易安评"，未提引自何处，且似节录，疑非完篇；第二位著录此文的是南宋人魏庆之，见于其《诗人玉屑》卷二一《诗馀》条，在《晁无咎评》之后，题作"李易安评"；第三位著录此文的是清人徐釚，其《词苑丛谈》卷一《体制》，题作"李易安评词"，文字系据《诗人玉屑》而未引"苕溪渔隐曰……正为此辈发也"一段。后人收载此篇则作李清照《词论》。此文扼要地总结了词的发展史、指出了词之为体的合乐特点和文学上的要求，又是一篇极富独创性的专论，在词史上有着极为重要的地位。

2　乐府：原是古代音乐官署。后为诗体名。本指乐府官署所采集、创作的乐歌，也用以称魏晋至唐代可以入乐的诗歌和后人仿效乐府古体的作品。宋元以后的词和散曲等，因配合音乐，有时亦称乐府。声诗：乐歌，亦即乐府以外唐人采作歌词入乐歌唱的五七言诗。

3　开元、天宝：均为唐玄宗年号。前者自公元713至741年；后者自公元742至756年。

4　李八郎：即李衮。见李肇《国史补》。李衮系唐代著名歌手，而唐代有斗声乐以较胜负的风气，多为先隐名易服，然后出奇制胜。

5　及第：科举考中之称，因列榜时分甲乙次第，故称"及第"。进士：原指贡举人才受爵位。见《礼记·王制》。唐代置进士科，为入仕资格的首选，历代相沿，指科举殿试被取者。

6　开宴曲江：曲江在唐长安城东南，系京郊著名的风景区，唐代新及第进士均在此游赏宴会，称作曲江宴。赴宴进士无不春风得意。

7　惨沮（jǔ）：沮丧失色。

8　曹元谦：生平不详。念奴：唐天宝年间著名的歌伎。元稹《连昌宫词》自注："念奴，天宝中名倡，善歌。"

9　咨嗟（zī jiē）：赞叹。

10　哂（shěn）：讥笑。

11　罗拜：四周多人环绕着下拜。

12　郑卫之声：郑、卫是春秋时两个诸侯国，这两地新兴的音乐被儒家斥之为"郑卫之音，乱世之音也"。(《礼记·乐记》)郑卫之声与下文"流靡之变"互文见义。炽（chì）：原指火旺，这里意谓势盛。

13　"已有"句：所举皆为词调名。《菩萨蛮》，唐教坊曲名，开元、天宝时自西南传入，后用为词调；《春光好》系唐玄宗制曲，见《羯鼓录》；《更漏子》，因晚唐"花间"鼻祖温庭筠之同调词，多咏"更漏"而得名；《浣溪沙》，唐教坊曲名，后用为词调；《梦江南》本名《谢秋娘》，李德裕制曲，见《乐府杂录》；《渔父》，唐张志和所作。以上传世的唐人词调中，唯《莎鸡子》在现存唐人词中未曾见过。

14　五代：即指公元907至960年的梁、唐、晋、汉、周。干戈：本是古代常用的两种兵器，亦用作武器的通称。这里用其引申义指战争。

15　斯文道熄：斯文，原指古代的礼乐制度，见《论语·子罕》。斯，此；此处意谓诗词创作衰落。

16　"独江南李氏"三句：指五代时南唐中主李璟、后主李煜父子与大臣冯延巳等。此处隐括了这样一段故事：李璟《摊破浣溪沙》中有"小楼吹彻玉笙寒"句、冯延巳《谒金门》中有"风乍起，吹皱一池春水"句。中主问："吹皱一池春水干卿何事？"冯对曰："未若陛下'小楼吹彻玉笙寒'也。"中主听了冯的这一回答之所以高兴，并不单是因为冯"奉承"了他，而主要是因为经中主的诘问，冯理解了作词要像中主的"小楼"句那样寓有家山社稷之虑，而不应像自己一样用"吹皱一池春水"比喻宫女的情绪波动。

17　亡国之音哀以思：见《史记·乐书》张守节正义："亡国，谓将欲灭亡之国，乐音悲哀而愁思。"

18　"始有"六句：柳屯田永，即北宋著名词人柳永，因任屯田员外郎，世称柳屯田。变旧声作新声，柳永对唐、宋旧曲加以改制，创作适合歌唱的新词。《乐章集》，柳永词集。柳永精通音律，词作影响广泛，很受称道，但其中不无淫媒之语。

19　张子野：张先，北宋词人，字子野，浙江吴兴人，其《张子野词》中颇多长调。宋子京兄弟：兄宋庠，官至宰相，但今未见其词；弟宋祁，字子京，与欧阳修等合修《新唐书》，书成，进工部尚书，谥景文。其《玉楼春》词中有"红杏枝头春意闹"之句，世称"红杏尚书"。近人辑有《宋景文公长短句》。

20　沈唐：北宋词人，字公述。官大名府签判。《全宋词》收其词五首。元绛：北宋词人，字厚之，钱塘人，官至参知政事，生平详《宋史》卷三四三本传。《全宋词》收其词二首。晁次膺：即北宋词人晁端礼，字次膺。熙宁六年进士，两为县令，忤上官，坐废。有《闲斋琴趣外篇》。

21　晏元献：晏殊，字同叔，江西临川人，仁宗时为副宰相，兼枢密使，卒谥元献。生平详《宋史》卷三一一，有《珠玉集》。欧阳永叔：欧阳修，字永叔，号六一居士，庐陵人。历任枢密副使、参知政事等职，谥文忠。生平详《宋史》卷三一九，有《六一词》等。苏子瞻：苏轼，字子瞻，号东坡居士，眉山人。官至礼部尚书，卒后追谥文忠。生平详《宋史》卷三三八本传，有《东坡乐府》。

22　酌蠡（lí）水于大海：在大海中取一瓢水。意谓事情很容易。蠡，贝壳做的瓢。

23　句读（dòu）：文辞语意已尽处为句，语意未尽须停顿处为读，书面上用圈（句号）和点（顿号）来标记。不葺（qì）：长短不齐。"长短句本是诗、词形式不同之一点，李清照主张词'别是一家'，要求作词在内容风格上也当有别于诗。这句批评主要是对苏词而发的，晏殊、欧阳修本属传统的婉约派，此处牵连偶及。"（见《李清照作品赏析集》，吴熊和沈松勤所注《词论》，1992年9月版巴蜀书社）

24　诗文分平侧：作旧体诗要以平声和仄声相互调节，使诗的声韵和谐美听。文，当指需讲平仄的骈赋、律赋等。平侧，即平仄。

25　"歌词分五音"四句：五音，音韵学家按照声母的发音部位分唇音、舌音、齿音、牙音、喉音五类，谓之五音。五声，指宫、商、角、徵（zhǐ）、羽。对此四句的注释中，吴熊和、沈松勤之说颇可参考："五音、清浊、轻重的涵义，清照未有解说，张炎《词源》以唇齿喉舌鼻当五音。五声是指宫、商、角、徵、羽，见《周礼·春官大师》。古时与五音往往混称。张世南《游宦纪闻》卷九说轻清为阳，重浊为阴。此皆宋人之说。五音似指发声部位，清浊则即元人论曲之阴阳。六律，指十二律中阴阳声之律，即黄钟、大簇、姑洗、蕤宾、夷则、无射十二律，阳六为律，阴六为吕。称六律，以代十二律吕。此句是说作词须叶音律。"（出处同上注23）

26　"《玉楼春》"七句：《玉楼春》本押平声韵，此说未知何据，今所见五代北宋人所作《玉楼春》（又名《木兰花》、《西湖曲》等）皆双调七言八句五十六字，仄韵，而非平韵。

27 "王介甫"五句：王介甫，王安石字介甫，号半山，临川人，庆历二年进士，神宗熙宁二年任参知政事，次年任宰相。熙宁七年辞退，次年再相；九年再辞后退居江宁，封舒国公，旋改封荆，世称荆公，卒谥文。词虽不多而风格高峻，《桂枝香·金陵怀古》颇著名。梁启超曾针对清照对王安石的这一批评，以其《桂枝香》为例，指出："李易安谓介甫文章似西汉，然以作歌词，则人必绝倒。但此作（指《桂枝香》）却颉颃清真、稼轩，未可漫诋。"（《词话丛编·饮冰室词评》）。李清照谢世时，辛弃疾约十四五岁，她无缘读到《稼轩词》。但在其著《词论》时，对于王安石和周邦彦的词作，则应是熟知的。既然她对周邦彦的歌词，未提异议，而批评与周作不相上下的王作，在梁氏看来，李对王不应如此轻慢地加以批评。曾子固，曾巩字子固，江西南丰人，嘉祐二年进士，官至中书舍人。唐宋八大散文家之一，有《元丰类稿》、《续元丰类稿》等。清照的这一批评，对曾巩来说或许是中肯的。因为从《全宋词》所收曾氏《赏南枝》一词看，确系"以文入词"之篇。而清照既反对苏轼"以诗入词"，亦对"以文入词"有所不满。曾巩词诚有此病，王安石词，格调虽高，但亦不无"以文入词"之嫌。从这一角度看，《词论》对王安石的批评，虽有偏颇，却并非无稽之谈。

28 "乃知"二句："这篇词论涉及词史、词律、词人评论等众多问题。它从词在唐五代的形成和演变讲起，历评前代和当代词家。但这些并不是本文的目的。李清照论述历史和现状，其目的是在于借此阐明词的本性和特点，论证诗词之大别。因此她于篇末明确地提出词'别是一家，知之者少'这个问题，呼吁词家予以认同，并在创作实践中尊重和发扬词的特性。这是李清照这篇《词论》的核心。不理解这一点，就容易对文中的某些评论产生误解……"（出处同注23）。但是后世在载录和征引"乃知别是一家，知之者少"时，多有误作"乃知词别是一家，知之者少"，衍一"词"字，即非现存胡仔《苕溪渔隐丛话》后集卷三三之原文。正确的引述应为：词"别是一家，知之者少"。

29　晏叔原：晏几道，字叔原，号小山，晏殊第七子，元丰年间，监颖昌府许田镇，有《小山词》。贺方回：贺铸，字方回，卫州人。哲宗时做过泗州通判等，晚年退居苏州，自号庆湖遗老。有《庆湖遗老集》。词集名《贺方回词》，一名《东山词》，又名《东山寓声乐府》。秦少游：秦观，字太虚，改字少游，号邗沟居士，学者称淮海先生，又称淮海居士，高邮人，曾官秘书省正字，有《淮海词》，又名《淮海居士长短句》。黄鲁直：黄庭坚，字鲁直，号山谷，又号涪翁，洪州分宁人。英宗治平四年进士，曾官校书郎、著作郎，出知宜州、鄂州等地，谪黔州、宜州。词集名《山谷琴趣外篇》。

30　晏苦无铺叙：铺叙即详细叙述铺陈，《小山词》多小令，少长调，故称其无铺叙。

31　"秦即"二句：从现存七十馀首较可靠的淮海词

看,不全是描写男女之恋的"专主情致"的爱情词,即使这类词中也不乏"故实";至于在《淮海词》中占有相当比重的登临怀古词,其所用"故实"几乎多到"无一字无来历"的程度。清照对秦观词的这一不够周全的看法,当因其当时未及得窥秦词之全豹所致。

32 "黄即尚故实"四句:李清照此论可谓恰中《山谷琴趣外篇》之腠理,极有见地。

【解读】

《词论》是继苏轼和李之仪等人的零散论词书简、跋语之后的一篇重要而系统的词学专论。因其中未涉及南宋词坛,那么,至少现存《词论》的文字,当是李清照南渡之前所作。又因《词论》是附骥于晁补之写于元祐年间的《评本朝乐章》一文,进而则可推定李文是在晁文启发下所写。元祐末年,李清照只有十馀岁,当时不大可能研读晁补之的这篇文章,而在她随赵明诚屏居青州的最初四五年,晁补之恰在缗城(今山东金乡)守母丧。这期间,赵、李或有赴金乡为晁补之庆寿之举(以《新荷叶》词为此举之旁证)。此时正是李清照向"前辈"请益的大好机会。晁补之因材施教,或将其旧作出示清照一阅。阅罢,李清照不甘示弱,从而写了这篇名副其实"压倒须眉"的词学新论。

这篇只有五百六十来字的论文,可分为四个段落:第一段是说词应像唐朝开、天盛世时的"乐府、声诗"一样,是供歌坛明星演唱的;第二、三段分别指出"郑、卫之声"和"亡国之音"都不合时宜,前者则更是被指摘的对象;第四段是全文的核心,它以实例说明,像柳永《乐章集》那样"虽协音律,而词语尘下"不行,像晏、欧、苏等人那样写一些"不协音律"的"句读不葺之诗"也不行。不论是晏、欧、苏,还是王安石、曾巩,他们所作"小歌词"之所以"不可读",主要是他们不知诗、词之别,或"知之者少"。而对诗、词之别"始能知之"的晏几道、贺铸、秦观、黄庭坚、又各自有"无铺叙"、"少典重"、"专主情致"、"少故实"等缺欠。总的看,《词论》对时弊的批评是击中要害的,建树是独特的,对后世的影响是深远的。词这一体式,之所以能够膺任宋代文学的代表,李清照对于词的本质的确立和流弊的匡正,洵有首倡之功。而《词论》全篇之要义大致体现于以下两方面:

一方面,《词论》从词在唐五代的形成衍变开篇,极具锋芒地评述了曩时和当前的除周邦彦以外的几乎全部有代表性的词家,同时涉及到了词的起源、声律、风格、作家、批评等等诸多问题。

另一方面,也是《词论》的核心所在,即李清照首次旗帜鲜明地提出了词"别是一家,知之者少"的问题。这一诗、词迥别问题的提出,既使词论摆脱了附丽于诗论的从属地位,从而走上了独立和长足发展的道路,也使词摘掉了"末技"、"小道"等带有某种鄙夷性的帽子。从此,词论与词作相辅相成,为玉成我国文学史中永不衰败的

"宋词"之花首创殊功,故而尝有论者把李清照的这篇《词论》称之为"词的独立宣言"!

虽然李清照对于词的理论和创作实践,均作出了名副其实"压倒须眉"的独特贡献,但在其生前、身后竟蒙受了诸如"无所羞畏"(王灼语)和"蚍蜉撼树"(胡仔引语)的种种攻讦和谤伤,为后人留下了不少遗憾和疑团……

《金石录》后序[1]

右《金石录》三十卷者何[2]？赵侯德父所著书也[3]。取上自三代，下迄五季[4]，钟、鼎、甗、鬲、盘、匜、尊、敦之款识[5]，丰碑大碣、显人晦士之事迹[6]，凡见于金石刻者二千卷[7]。皆是正讹谬，去取褒贬，上足以合圣人之道，下足以订史氏之失者，皆载之，可谓多矣。呜呼！自王播、元载之祸，书画与胡椒无异[8]；长舆、元凯之病，钱癖与传癖何殊[9]。名虽不同，其惑一也。

余建中辛巳[10]，始归赵氏。时先君作礼部员外郎[11]，丞相时作吏部侍郎[12]。侯年二十一，在太学作学生[13]。赵、李族寒，素贫俭[14]。每朔望谒告出[15]，质衣[16]，取半千钱，步入相国寺[17]，市碑文果实归[18]，相对展玩咀嚼，自谓葛天氏之民也[19]。后二年，出仕宦，便有饭蔬衣练[20]，穷遐方绝域，尽天下古文奇字之志[21]。日就月将，渐益堆积。丞相居政府，亲旧或在馆阁[22]，多有亡诗、逸史、鲁壁、汲冢所未见之书[23]。遂力传写，浸觉有味，不能自已。后或见古今名人书画，一代奇器，亦复脱衣市易。尝记崇宁间，有人持徐熙牡丹图[24]，求钱二十万。当时虽贵家子弟，求二十万钱，岂易得耶？留信宿[25]，计无所出而还之。夫妇相向惋怅者数日。

后屏居乡里十年[26]，仰取俯拾[27]，衣食有馀。连守两郡[28]，竭其俸入以事铅椠[29]。每获一书，即同共勘校，整集签题[30]。得书画彝鼎，亦摩玩舒卷[31]，指摘疵病，夜尽一烛为率[32]。故能纸札精致，字画完整，冠诸收书家。余性偶强记，每饭罢，坐归来堂烹茶[33]，指堆积书史，言某事在某书某卷第几页第几行，以中否角胜负[34]，为饮茶先后。中即举杯大笑，至茶倾覆怀中，反不得饮而起。甘心老是乡矣[35]，故虽处忧患困穷，而志不屈。收书既成，归来堂起书库大橱，簿甲乙，置书册[36]。如要讲读，即请钥上簿，关出卷帙[37]。或少损污，必惩责揩完涂改，不复向时之坦夷也。是欲求适意而反取憀栗[38]。余性不耐，始谋食去重肉，衣去重采，首无明珠翠羽之饰，室无涂金刺绣之具。遇书史百家，字不刓缺[39]，本不讹谬者，辄市之，储作副本。自来家传《周易》、《左氏传》，故两家者流，文字最备。于是几案罗列，枕席枕藉，意会心谋，目往神授，乐在声色狗马之上[40]。

至靖康丙午岁，侯守淄川[41]，闻金寇犯京师[42]，四顾茫然，盈箱溢箧，且恋恋，且怅怅，知其必不为己物矣。建炎丁未春三月[43]，奔太夫人丧南来[44]。既长物不能尽载[45]，乃先去书之重大印本者，又去画之多幅者，又去古器之无款识者。后又去书之监本者[46]，画之平常者，器之重大者。凡屡减去，尚载书十五车[47]。至东海[48]，连舻渡淮[49]，又渡江[50]，至建康[51]。青州故第，尚锁书册什物，用屋十馀间，期明年春再具舟载之。十二月，金人陷青州[52]，凡所谓十馀屋者，已化为煨烬矣[53]。

建炎戊申秋九月，侯起复知建康府[54]。己酉春三月罢[55]，具舟上芜湖，入姑孰[56]，将卜居赣水上[57]。夏五月，至池阳[58]，被旨知湖州，过阙上殿[59]，遂驻家池阳，独赴召。六月十三日，始负担舍舟，坐岸上，葛衣岸巾[60]，精神如虎，目光烂烂射人[61]，望舟中告别。余意甚恶，呼曰："如传闻城中缓急，奈何？"戟手遥应曰[62]："从众。必不得已，先弃辎重[63]，次衣被，次书册卷轴，次古器，独所谓宗器者[64]，可自负抱，与身俱存亡，勿忘之。"遂驰马去。途中奔驰，冒大暑，感疾。至行在[65]，病疟[66]。七月末，书报卧病。余惊怛[67]，念侯性素急，奈何！病疟或热，必服寒药，疾可忧。遂解舟下，一日夜行三百里。比至，果大服柴胡、黄芩药[68]，疟且痢，病危在膏肓[69]。余悲泣，仓皇不忍问后事。八月十八日，遂不起，取笔作诗，绝笔而终，殊无分香卖履之意[70]。

葬毕，余无所之。朝廷已分遣六宫[71]，又传江当禁渡。时犹有书二万卷，金石刻二千卷，器皿茵褥[72]，可待百客，他长物称是[73]。余又大病，仅存喘息。事势日迫。念侯有妹婿，任兵部侍郎，从卫在洪州，遂遣二故吏，先部送行李往投之。冬十二月，金寇陷洪州，遂尽委弃。所谓连舻渡江之书，又散为云烟矣。独馀少轻小卷轴书帖、写本李杜韩柳集，《世说》、《盐铁论》，汉、唐石刻副本数十轴，三代鼎鼐十数事，南唐写本书数箧，偶病中把玩，搬在卧内者，岿然独存[74]。

上江既不可往[75]，又虏势叵测[76]，有弟迒任敕局删定官[77]，遂往依之。到台，守已遁[78]。之剡，出睦，又弃衣被。走黄岩，雇舟入海，奔行朝。时驻跸章安[79]，从御舟海道之温[80]，又之越。庚戌十二月，放散百官[81]，遂之衢。绍兴辛亥春三月，复赴越。壬子赴杭。先侯疾亟时[82]，有张飞卿学士，携玉壶过，视侯，便携去，其实珉也[83]。不知何人传道，遂妄言有颁金之语[84]。或传亦有密论列者[85]。余大惶怖，不敢言，亦不敢遂已，尽将家中所有铜器等物，欲赴外廷投进[86]。到越，已移幸四明[87]。不敢留家中，并写本书寄剡。后官军收叛卒，取去，闻尽入故李将军家。所谓岿然独存者，无虑十去五六矣。惟有书画砚墨可五七簏[88]，更不忍置他所，常在卧榻下，手自开阖。在会稽，卜居土民钟氏舍。忽一夕，穴壁负五簏去。余悲恸不已，重立赏收赎。后二日，邻人钟复皓出十八轴求赏，故知其盗不远矣[89]。万计求之，其馀遂不可出。今知尽为吴说运使贱价得之[90]。所谓岿然独存者，乃十去其七八。所有一二残零，不成部帙书册三数种，平平书帖，犹复爱惜如护头目，何愚也耶！

今日忽阅此书，如见故人。因忆侯在东莱静治堂，装卷初就，芸签缥带[91]，束十卷作一帙。每日晚吏散[92]，辄校勘二卷，跋题一卷。此二千卷，有题跋者五百二卷耳。今手泽如新，而墓木已拱[93]，悲夫！昔萧绎江陵陷没，不惜国亡，而毁裂书画[94]；杨广江都倾覆，不悲身死，而复取图书[95]。岂人性之所著，死生不能忘之欤？或者天意以余菲薄，不足以享此尤物耶？抑亦死者有知，犹斤斤爱惜，不肯留在人间耶？何得之艰而失之易也！

呜呼！余自少陆机作赋之二年[96]，至过蘧瑗知非之两岁[97]，三十四年之间，忧患得失，何其多也。然有有必有无，有聚必有散，乃理之常。人亡弓，人得之[98]，又胡足道。所以区区记其终始者，亦欲为后世好古博雅者之戒云。绍兴二年玄黓岁壮月朔甲寅易安室题[99]。

【注释】

1　此文既是一篇书序，也是一篇对亡人充满深情的悼文。撰罢此序，又经过约十年的苦心劳作，于绍兴十三年前后，李清照将《金石录》表进于朝。待此著约于绍兴二十五年或稍后版行于世时，受到朱熹"煞做得好"（《朱子语类》卷一三〇）的称赏。

2　《金石录》：系金石学名著，赵明诚编著。金指古代铜器钟、鼎等，上刻文字是研究古文字及古史的重要资料。石指丰碑石刻，如墓志铭等，可资订补史传阙失。

3　赵侯德父：即赵明诚。古时称州郡之长为"侯"，赵明诚曾做莱州、淄州、江宁守，故有是称。德父，赵明诚的字，亦作德甫。父、甫通。一作德夫，疑误。

4　三代：指夏、商、周。五季：指梁、唐、晋、汉、周五代。

5　钟：古代乐器。另有一种圆形壶，用以盛酒浆或粮食，亦叫做钟。鼎、甗（yǎn）、鬲（lì）：古代青铜炊器。盘、匜（yí）：商周时的铜器名，多用于盥漱。尊：古代酒器。敦（duì）：古代盛黍稷之器。款识（zhì）：这里指古代钟鼎彝器上铸刻的文字。款，刻也；识，记也。见《汉书·郊祀志下》。

6　丰碑：这里指高大的碑。见《隋书·杨素传》。碣：圆顶的石碑。显人：犹显者，指有名声有地位的人。晦士：指隐居者和没有地位、声望的人。

7　凡：总共、总计。二千卷：指金石拓本共二千件，每件称为一卷。

8　王播：前人已校考得知，这里当指王涯。王涯，唐文宗时宰相。其所收藏著名书画之多与宫中相当，且秘不示人。他在甘露之变中身亡后，被人破垣而入，只取金银财宝，而弃书画于路边。见《新唐书·王涯传》。元载：

唐代宗时宰相，因贪贿专横而被诛杀，抄没其家产时，仅胡椒竟多达八百馀石。见《新唐书·元载传》。

9　长舆：晋代和峤的字。家产丰富如王者，但本性至吝，人讥之有钱癖。元凯：晋代杜预的字。他酷好《左传》，著有《春秋经传集解》。他常说王济有马癖，和峤有钱癖，晋武帝便问杜预："卿有何癖？"杜答之曰："臣有《左传》癖。"见《晋书·杜预传》。

10　建中辛巳：宋徽宗建中靖国元年，即公元1101年。

11　先君：自称去世的父亲。这里指作者的父亲李格非。

12　丞相：作者指其翁舅赵挺之。吏部侍郎：吏部是中央掌管全国官吏的官署。长官称尚书，侍郎为副长官。赵挺之官至尚书右仆射，故《后序》中称其为丞相。

13　太学：中国古代的大学。历代或设太学，或设国子学（国子监），或两者同时设立，名称不一，制度亦有变化，但均为最高学府。在监读书者，叫做太学生。

14　赵、李族寒：分别指赵挺之和李格非的家世。按说此二人均为朝廷高级官吏，之所以称其族寒当系比较而言，因为李格非前妻之父系元丰宰相王珪，而其继室之祖父王拱辰亦系门第高于赵、李者。

15　朔望：分别指阴历的初一和十五。谒告：告假。

16　质衣：典当衣物。

17　相国寺：北宋都城汴京最大的庙宇。寺内设有书市，每月开放四五次。

18　市：此处作动词用，意谓购买。

19　葛天氏：我国传说中的古帝号。陶渊明《五柳先生传》称赞不慕荣利、忘怀得失的五柳先生是"无怀氏之民欤？葛天氏之民欤？"

20　"后二年"三句：崇宁二年，亦即作者结婚二年，赵明诚由太学毕业走上仕途，并非指其外出游宦。饭蔬（xū），意谓食用家常便饭。衣绽（shū），穿用粗丝织做成的衣物。此三句意谓做了官仍节衣缩食。

21　古文奇字：指先秦文字。

22　馆阁：宋代修史藏书、校雠的处所，总名曰馆阁。

23　亡诗：指在《诗经》三百零五篇以外亡佚的诗。逸史：指正史以外的史书。鲁壁：鲁恭王扩建孔子旧宅时，从墙壁中发现古文《尚书》及其他经典，皆为蝌蚪古文。汲冢（zhǒng）：武帝太康二年，汲郡人不准，盗发魏襄王墓，得竹书数十车，皆蝌蚪字，称为汲冢古文。见《晋书·束皙传》。

24　徐熙：南唐著名画家，善画翎毛花卉。

25　信宿：连宿两夜。此处意谓将画留了两天。

26　屏居：隐居。大观元年，赵挺之罢右仆射后五日卒。卒后三日，家属亲戚在京者被捕入狱。无事实，七月狱具。是年或下年初，清照偕明诚屏居青州故里。

27　仰取俯拾：意谓勤俭节约，博取无遗。详见《史记·货殖列传》。

28　连守两郡：这里当指赵明诚于宣和三年至靖康元年，连任莱州、淄州两州知州事。

29　铅椠（qiàn）：原是古代用以书写的文具。铅，指铅粉笔，用以写字；椠，指木板。这里指《金石录》的著作和校雠。

30　签题：在书上亲笔署名叫签，写在书前面的文字叫题。

31　摩玩：抚摩玩赏。舒卷：把要欣赏的书画伸展开来。

32　率（lǜ）：一定的准则。

33　归来堂：赵、李屏居青州时的宅第室名。其来历既有取陶渊明"归去来兮"之意，亦有可能受到晁补之自名"归来子"之启发。

34　角（jué）：竞赛。

35　是乡：此处当指书史之乡。

36　"簿甲乙"二句：意谓分类编写目录，登记造册，以存放。簿，用作动词。

37　卷帙（zhì）：书籍。

38　憀栗（liáo lì）：伤念不安。

39　刓（wán）缺：磨损、短缺。

40　声色狗马：指歌舞女色、养狗走马等玩好。

41　"至靖康"二句：公元1126年为靖康元年。淄川，今山东淄博市，宋时又称淄州。

42　京师：指北宋都城汴京，即今河南开封。

43　"建炎"句：此句略待订正。建炎是宋高宗赵构的第一个年号。靖康二年四月北宋亡。五月高宗即位方改元建炎，史称南宋。故建炎元年最早从五月算起，不可能有"春三月"。

44　"奔太夫人"句：太夫人，指赵明诚之母郭氏，在其卒于江宁时，由淄州南来奔丧的只明诚一人，清照则由淄州反青州，整理金石文物，以备南运。

45　长（zhàng）物：指多余的东西。

46　监本：指宋代国子监刻印的书。此类书一般数量较大，且公开出售，较易得到。

47　尚载书十五车：由于现存《〈金石录〉后序》有所阙衍和字句舛误，对这"十五车"书，很容易被理解为赵明诚奔母丧时，带往江宁之物，实际当系后往江宁的清照押运之物。她等于从兵燹中抢救出了"十五车"珍贵的金石文物，其贡献非同小可。

48　东海：指东海郡。今江苏东北部，与山东连接的一带。

49　连舻：言其船多，前后衔接。舻，船前头刺棹处。淮：指淮水。

50　又渡江：指渡过淮水后，又渡长江。

51　至建康：即"至江宁"。清照大约于建炎元年冬，由青州动身，押运"十五车"书往今南京。同年底或翌年初即可到达，当时称江宁而非称建康。直至建炎三年

(1129)五月,方改江宁府为建康府。故准确的记载应为"至江宁"。

52 "十二月"二句:此处文字疑在传抄中或夺或衍,更可能因当时清照不明真相而致误。史实非为"金人陷青州",而应为"青州兵变"。对此,《续资治通鉴》卷一〇〇建炎元年十二月记云:"壬戌,资政殿学士、京东东路制置使、知青州曾孝序为乱兵所杀。先是临朐土兵赵晟,聚众为乱,夺门而入。孝序度力不能制,因出据厅事,瞋目骂贼,与其子宣教郎训皆遇害,时年七十九。诏赠光禄大夫,谥曰威。"赵明诚在《跋蔡襄书〈赵氏神妙帖〉》中,亦称此事为"西兵之变",与上述《续通鉴》之说是一致的。

53 煨(wēi)烬:燃烧后的残馀,犹灰烬。

54 "建炎"二句:建炎戊申秋九月,是建炎二年九月,所云是年"侯起复,知建康府"当系作者笔误,因多种史料确载赵明诚起复知江宁府事,是在建炎元年七月议定,八月上任,建炎三年五月八日,始改江宁府为建康府。起复,封建社会官员遭父母丧,守丧尚未期满而应召任职,称为"起复"。原因军事需要而征召,后亦行于平时。见《宋史·富弼传》。

55 己酉春三月:系建炎三年(1129)三月。是时赵明诚知建康府尚不满二年,宋制一届官吏任期三年。赵明诚之所以提前被罢,并非因其移知湖州,他被罢在前,而被命知湖州在后。有的史书为其讳,而清照则直言其被罢。又因她写的是书序，不必交代作者被罢官的原因。实际赵之被罢当因其"缒城宵遁"之故。事情大致是这样：御营统制官王亦将在江宁谋变，江东转运副使李谟得知后，驰告赵明诚，弗听。李谟采取了紧急措施，使王亦不得不斫开南门逃走。将近天明时，李谟去探望赵明诚，他竟与通判毋邱绛、观察推官汤允恭用绳子系住从城墙上逃跑，即所谓"缒城宵遁"。事后其副职和部下毋、汤受到各降二官的处分，赵明诚因此而被罢，则是理所当然的事。

56　姑孰：今安徽当涂，因有姑孰溪而得是名。

57　卜居：择地居住。赣水：即今江西赣江。

58　池阳：今安徽贵池。

59　过阙上殿：此指赵明诚赴行在建康，朝见宋高宗。阙、殿，均指朝廷之所在。

60　葛衣：一种丝、棉混织的夏衣。岸巾：犹岸帻（zé），本覆在额上，把头巾掀起露出前额，表示态度洒脱，不拘束。

61　烂烂：光明。这里形容赵明诚目光明亮。

62　戟手：徒手屈肘如戟形，以指点清照。

63　辎（zī）重：这里指逃难时所携带的包裹、箱笼等随身所用行李。

64　宗器：古代宗庙祭祀所用的器物，即礼乐之器，钟鼎之属。

65　行在：指帝王行宫所在，此指建康。

66　病痁（shān，又读 diàn）：病，用作动词。痁，一读时，指有热无寒的疟疾。见段玉裁《说文解字注·疒部》；二读时，即指濒于危患。此处当兼二解，意谓赵明诚所患系濒于危患之疟疾。

67　惊怛（dá）：惊恐悲伤。

68　黄芩（qín）：一种去热的寒药。

69　膏肓（huāng）：膏、肓是人体心鬲之间的两个部位，系古代药效不能到达之处，意谓病势严重无药可医。见《左传·成公十年》。

70　分香卖履：典出《陆机集·吊魏武帝文》引《曹操遗令》云："馀香可分与诸夫人，诸舍中无所为，学作履组卖也。"这段话意谓，域外馈赠的名贵香料，可以作为遗产分给众妾；至于宫女，没有别的事情可做，就叫她们去学做鞋子卖钱养活自己。后来，此典除了被作为曹操生活简朴的美誉外，还专指人在临终时对其妻妾的恋念之辞。因此，"殊无分香卖履之意"，不仅是指赵明诚没有留下遗嘱，而是说他既没有像当年的曹操那样，对其妻妾留下遗嘱，也包含着因"赵君无嗣"，无须留遗言于儿辈。同时，从这一用典中可透出赵明诚确有蓄妾之举，否则清照不会借用曹操对其妻妾的遗嘱来比拟自家之事。

71　六宫：这里泛指后宫嫔妃。

72　茵褥：垫子、褥子、毯子的统称。

73　"他长"句：意谓其他多馀之物亦大致相当。

74　岿然：原是高峻独立的样子。这里指仅存的书画展现在眼前。

75　上江：指建康以西的长江上游。

76　叵（pǒ）测：原为不可限量，这里用作贬义，意谓敌人的攻势难以预测。

77　迒（háng）：李清照弟弟的名字。敕（chì）局删定官：隶属尚书省，其职责是裒集诏旨，纂类成书。

78　台（tāi）：即台州，治所在今浙江临海。遁（dùn）：逃避。

79　驻跸（bì）：帝王出行，途中停留暂住。

80　"从御舟"句：据《续资治通鉴》卷一〇六载：高宗闻明州失守，遂引舟而南，并于"二月乙亥，御舟至温州江心寺驻跸，更名龙翔。"之温：意谓清照追随御舟亦到达温州。高宗既驻跸江心寺，清照亦当随之前来，从而体察到高宗蓄有南行之意，遂亦产生乘风南往"三山"（福州之别称）之想，其《渔家傲》之起拍"天接云涛连晓雾"，当系温州瓯江孤屿水天云雾景象的写照。惟因后来形势有变，御舟返回浙西，清照又尾追而还。

81　放散百官：建炎三、四年冬春，由于金兵对高宗穷追不舍，便不得不入海躲避，扈从、职能人员大为缩减，部分官吏遂得自便。

82　疾亟：病情危重。

83　珉：像玉的石头。

84　颁金：俞正燮《易安居士事辑》作"颂金"，疑"颂"字系形近而误，应从各本，以"颁金"为是。俞氏释为"馈璧北朝",即以玉壶投献金人,贿赂通敌。清照称之为"妄言",而无验而言之谓妄也。

85 论列:原指议论、陈述。这里指检举弹劾。

86 外廷:指皇帝在京都外的听政处。

87 移幸:指君王迁移去处。四明:指鄞(yín)县,今浙江宁波。

88 簏(lù):竹箱。

89 "邻人"二句:俞正燮《易安居士事辑》在撮述此二句时,引《玉茗琐谈》记叙了这样一件发人深思的事:明万历年间当国十年的首辅张居正,有一天,他听到部吏中有一姓钟的操浙江口音,遂问:"你是会稽人吗?"答曰:"是的。"张居正面色遽变,怒气许久未消。这个部吏解释说:"我是不久从湖广一带迁到会稽的。"即使如此,张居正还是把他开除了。《玉茗琐谈》在解释此事时,说了含意大致是这样一段话:张居正之所以黜退钟姓部吏,是因为他与盗窃讹诈李清照卧榻之下文物的钟复皓同乡、同姓的缘故。时人不明白张居正因读了《后序》受到强烈感染,从而为李清照打抱不平的良苦用心,以为他对部下很粗暴,这实在是对他的莫大误解。上述记载虽类似于小说家言,但却生动地说明了此二句的深远影响。

90 吴说:字傅朋,当时著名书法家。运使:因其任福建路转运判官,故称。

91 "因忆"三句:赵明诚在知莱期间,对金石学有重大建树。《金石录》卷二一《跋〈后魏郑羲碑〉》云:

"盖道照（昭）尝为光州刺史，即今莱州也。故刻其父碑于兹山。余守是州，尝与僚属登山，徘徊碑下久之。"又《跋〈后魏郑羲上碑〉》云："初余为莱州，得羲碑于州之南山，其末有云：'上碑在直南二十里天柱山之阳，此下碑也。'因遣人访求，在胶水县（今属山东平度）界中，遂模得之。"陈按：赵明诚所得此上下魏碑，极为金石书法家所推重。近已蜚声海内外，尤为日本书法界人士所酷爱。此碑系研究我国字体演变和书法艺术的珍贵资料。关于此二碑的发现和著录，赵明诚可谓功高德劭，其跋所云"徘徊碑下久之"，可见其对此碑的爱重，亦可见其眼力之不凡。明诚著录此碑，时在公元1123年。此后七百馀年，至清中叶的著名书法家、书学理论家包世臣（即包安吴）激赏此碑，人们竟以为这是首次发现。此事极为生动地说明，赵明诚对于金石之学的贡献，多么不同凡响，而赵、李在这方面的合作，其意义又是多么深远。所有这一切怎么能不使书序作者万分痛惜，故此段，特别是此三句写得极令人回味。芸签，书签。缥带，指淡青色的束书带。

92　晚吏散："吏"，一本作"更"。

93　手泽：语出《礼记·玉藻》："父没而不能读父之书，手泽存焉尔。"孔颖达疏："谓其书有父平生所持手之润泽存在焉，故不忍读也。"故手泽原意为手汗所沾润，这里指赵明诚校勘题跋《金石录》的墨迹。拱（gǒng）：两手合围的粗细。此句意与"尔墓之木拱矣"（《左传·僖公三十二年》）相同。

94 "昔萧绎"三句：南朝梁元帝萧绎即位于江陵。博览群书而不恤国事，整日著书、赋诗、作画。在位三年，于公元554年魏兵围攻江陵之际，"命舍人高善宝焚古今图书十四万卷"，遂被房身亡。见《资治通鉴》卷一六五。

95 "杨广"三句：隋炀帝杨广于大业十二年（616）游江都，两年后被宇文化及杀死于江都。杨广平生酷爱书史，藏书堆积如山，却一字不许外出。死后，新王朝调其图书晋京，河中遇风浪而全数覆没。监运官称此系隋炀帝托梦收书。见《资治通鉴》卷一八○等。

96 "余自"句：陆机，西晋著名文学家。杜甫《醉歌行》："陆机二十作《文赋》。"

97 "至过"句：蘧（qú）瑗，字伯玉，春秋卫国大夫。《淮南子·原道训》："故蘧伯玉年五十，而有四十九年非。"意谓到了五十岁，才知道以前四十九年中的错误。后人因以五十岁为知非之年。这里是作者自谓写此后序时年五十二岁。

98 "人亡弓"二句：《孔子家语》卷二："楚王出游，亡弓，左右请求之。王曰：'止，楚人失弓，楚人得之，又何求之？'孔子闻之，惜乎其不大也，不曰：人遗弓，人得之而已，何必楚也。"这里作者以孔子家语的道理自我宽慰。亡，失去。

99 绍兴二年玄黓岁壮月朔甲寅：即绍兴二年壬子八月一日。此落款显系传抄致误，对此，《四库全书总目》

卷八六，《金石录》提要已指出，《金石录》及其后所附李清照《后序》，在刊行过程中，曾将落款的"壮月"误为"牡丹"等"沿讹踵谬"诸弊。今据洪迈《容斋四笔》卷五，将清照《后序》之作年订于"绍兴四年"。玄黓（yì），十干中壬的别称，用以纪年。《尔雅·释天》："（太岁）在壬曰玄黓。"壮月，阴历八月的别称。见《尔雅·释天》。易安室，易安系取义于陶渊明《归去来兮辞》的"审容膝之易安"，意谓住处简陋而心情安适。在其二十四五岁屏居青州时，始用此室名别号。这里并非用作室名，而以之自称，与其号"易安居士"同。

【解读】

　　这篇《〈金石录〉后序》（以下简称《后序》），是李清照为故夫赵明诚的金石学名著《金石录》一书所作的序言。在《金石录》编撰过程中，赵明诚曾写过一篇《〈金石录〉序》。宋徽宗政和七年（1117），赵明诚又祈嘱与之有通家之谊的河间刘跂（曾援引过赵挺之的故相刘挚之子）为《金石录》前三十卷撰序。刘跂便于同年九月圆满完成了好友赵明诚的嘱托，其文题作《〈金石录〉后序》（以下简称"刘序"）。李清照所撰写的《后序》，虽然与"刘序"的题目相同，但她是在赵明诚逝世之后，独自经历和担荷了诸如"玉壶颁金"、兵燹战乱、漂泊流寓、穴壁被盗、两度病危、受骗再嫁、诉讼离异、身陷囹圄等等无数苦难之后，由她继续完成丈夫的未竟之业所写下的。所以三人同样是为《金石录》作序，李清照在过"知非"又二载所作《后序》，与赵明诚当年的自序以及"刘序"大不相同。后二者系就书论书，只谈与《金石录》直接相关的事，文字简洁平实，是两篇很典型的书序。李清照的《后序》却是匠心独运，在剪裁、叙事、抒情等方面迥别于一般书序，具有很强的艺术感染力。她把结撰的重点是放在叙述金石书画的"得之艰而失之易"上，是一篇带有自传性的而又抒情性极强的文学散文。

在我国散文史上占有不可替代位置的《后序》，理所当然地受到人们极大的关注和总体上颇为中肯的评价，其中两个人的见解极近腠理。一是南宋的洪迈；一是近人浦江清。洪迈主要是就《后序》的叙事旨归而建言，他说："其妻易安居士，平生与之同志，赵殁后，愍悼旧物之不存，乃作《后序》，极道遭罹变故本末。"（《容斋四笔》卷五）洪迈不仅以此番言简意赅之语，准确地道出了洋洋两千言《后序》的叙事脉络，其更大的贡献还在于为后世留下了亲眼经见宋版《后序》所云之撰署日期为绍兴四年（1134）。这就极有力地说明了明抄本的"绍兴二年"之误。因为"绍兴二年"对李清照来说是一个多事之秋：这年的春夏她得了重病，又因与张汝舟的离异诉讼吃官司、坐牢……在这种情况下，她哪里会有心思去整理《金石录》并撰写《后序》？而"绍兴四年"则正是赵明诚逝世五周年，是时痛定思痛而作《后序》，岂非顺理成章！而浦江清则从另外的角度道出了《后序》的价值所在：

此文详记夫妇两人早年之生活嗜好，及后遭逢离乱，金石书画由聚而散之情形，不胜死生新旧之感。一文情并茂之佳作也。赵、李事迹，《宋史》失之简略，赖此文而传，可以当一篇合传读。故此文体例虽属于序跋类，以内容而论，亦同自叙文。清照本长于四六，此文却用散笔，自叙经历，随笔提写。其晚境凄苦郁闷，非为文而造情者，故不求其工而文自工也。(《国文月刊》一卷二期)

打马赋[1]

岁令云徂[2],卢或可呼[3],千金一掷,百万十都。樽俎具陈[4],已行揖让之礼[5];主宾既醉,不有博弈者乎[6]?打马爱兴,摴蒲遂废[7],实小道之上流,乃深闺之雅戏。齐驱骥骒,疑穆王万里之行[8];间列玄黄,类杨氏五家之队[9]。珊珊佩响[10],方惊玉镫之敲[11];落落星罗,忽见连钱之碎[12]。若乃吴江枫冷,胡山叶飞[13],玉门关闭,沙苑草肥,临波不渡,似惜障泥[14]。或出入用奇,有类昆阳之战[15];或优游仗义,正如涿鹿之师[16]。或闻望久高,脱复庾郎之失[17];或声名素昧,便同痴叔之奇[18]。亦有缓缓而归,昂昂而立,鸟道惊驰,蚁封安步[19]。崎岖峻坂,未遇王良[20];局促盐车,难逢造父[21]。且夫丘陵云远,白云在天[22],心存恋豆,志在著鞭[23]。止蹄黄叶,何异金钱。用五十六采之间,行九十一路之内[24]。明以赏罚,核其殿最[25]。运指挥于方寸之中,决胜负于几微之外[26]。且好胜者人之常情,游艺者士之末技。说梅止渴,稍苏奔竞之心[27];画饼充饥,少谢腾骧之志[28]。将图实效,故临难而不回；欲报厚恩，故知机而先退[29]，或衔枚缓进[30]，已逾关塞之艰；或贾勇争先[31]，莫悟阱堑之坠。皆由不知止足，自贻尤悔[32]。况为之不已，事实见于正经[33]；用之以诚，义必合于天德。故绕床大叫，五木皆卢[34]，沥酒一呼，六子尽赤[35]。平生不负，遂成剑阁之师[36]；别墅未输，已破淮淝之贼[37]。今日岂无元子，明时不乏安石[38]。又何必陶长沙博局之投[39]，正当师袁彦道布帽之掷也[40]。

辞曰：佛貍定见卯年死[41]，贵贱纷纷尚流徙，满眼骅骝杂骆骊[42]，时危安得真致此[43]？老矣谁能志千里[44]，但愿相将过淮水[45]。

【注释】

1　打马：约在明清时已失传的一种古代博戏。据清照《〈打马图经〉序》所云："予独爱依经马（无将二十马者），因取其赏罚互度，每事作数语，随事附见，使儿辈图之。不独施之博徒，实足贻诸好事。使千万世后，知命辞打马，始自易安居士也。"

2　徂（cú）：逝、往的意思。

3　卢：古代博戏一掷五子皆黑的名称，是为最胜采。

4　樽俎：古时盛酒和肉的器皿，常用作宴席的代称。

5　揖让：古代宾主相见的礼节。

6　"不有"句：语出《论语·阳货》："子曰：'饱食终日，无所用心，难矣哉！不有博弈者乎，为之，犹贤乎已。'"这段话曾见于赵明诚《〈金石录〉序》。当年明诚欲使其《金石录》有补于世，故引此语。清照再次引用是想借孔子的话说明，饱食终日，无所用心不行，做做下棋掷采的游戏，也比无所事事好。言外之意是说，"打马"游戏不是无聊之事。

7　摴（chū）蒲：即樗蒲，古代博戏。博戏方法参见注34。

8　"齐驱"二句：《逸周书·周穆王》："穆王乘八骏，宾于西王母，觞于瑶池之上，一日行万里。"

9　"间列"二句：《旧唐书·杨贵妃传》："玄宗每年十月幸华清宫，国忠姊妹五家扈从，每家为一队，著一色衣。五家合队，照映如百花之焕发。"

10　"珊珊"句：系化用杜甫《郑驸马宅宴洞中》诗"自是秦楼压郑谷，时闻杂佩声珊珊"下句之意。

11　"方惊"句：化用张祜《少年乐》诗"闭敲玉镫游"之句意。玉镫，对马镫的美称。以上四句意谓：棋局乍开，既像周穆王驱使八骏日行万里和杨国忠兄妹五家仪仗合队那样，神采飞扬，富丽堂皇；又像带着玉佩行进中的骑兵队伍，既有铿锵悦耳之声，又有斑斓悦目之容，从而进一步说明，"打马"这一博戏的价值和气魄所在，有以之暗喻正义之师的威武胜概，且"以境形容"，有高屋建瓴之势。

12 "落落"二句：形容马队像天上的群星那样布列稠密。

13 "若乃"二句：用"吴江"之"枫"和"胡山"之"叶"代指南方和北方。

14 "临波"二句：化用《世说新语·术解》："王武子善解马性。尝乘一马，著连钱障泥。前有水，终日不肯渡。王云：'此必是惜障泥。'使人解去，便径渡。"障泥，马鞯。因垫在马鞍下，垂于马背两旁以挡泥土，故称障泥。以上六句字面上写的是棋子受阻，满盘凄凉，语义深层似是南宋面临危局的缩影。

15 昆阳之战：以弱胜强的著名战例。公元23年，王莽派军队包围昆阳（今河南叶县北）义军。刘秀乘王莽军队轻敌懈怠，率精兵三千突破敌军中坚，内外夹击，尽歼王莽主力。事见《汉书·王莽传》、《后汉书·光武纪》等。

16 涿鹿之师：《史记·五帝本纪》："蚩尤作乱，不用帝命。于是黄帝乃征师诸侯，与蚩尤战于涿鹿之野，遂禽杀蚩尤。"蚩尤，神话中东方九黎族首领。相传有兄弟八十一人，以金作兵器，并能唤云呼雨。

17 闻望：声望。《诗·大雅·卷阿》："如圭如璋，令闻令望。"意谓品格如美玉，声名远扬有威望。庾郎之失：《世说新语·雅量》："庾小征西尝出未还，妇母阮，是刘万安妻，与女上安陵城楼上。俄顷，翼归，策良马，盛舆卫。阮语女：'闻庾郎能骑，我何由得见？'妇告翼，翼便为于道开卤簿盘马，始两转，坠马堕地，意色自若。"原谓庾翼有雅量，清照则谓其不慎而致误。

18 痴叔：指晋王湛。《世说新语·赏誉》称王湛侄王济轻视湛，"后聊试问近事，答对甚有音辞，出济意外"。湛又能骑劣马，姿态绝妙，好多事都令王济叹其难测。武帝每见王济，就拿王湛与之开玩笑："卿家痴叔死未？"……后武帝又问如前。济曰："臣叔不痴。"称其实美。以上八句意谓：在困境中要采取灵活的战略战术，出奇制胜，有时要像昆阳之战中的汉光武帝刘秀那样，以弱胜强；有时又要像涿鹿之战中的黄帝那样，仗义消灭蚩尤；品格声望再高，也不要像庾翼那样，本来胜算在握，却因一着不慎而致误；倒应像王湛那样起初被侮称为"痴叔"，声名不为人所知，"其实美"一旦被发现，便会令人感到意外，从而对他肃然起敬。正好比下棋或实战，要在对方不了解自己实力之时，给他个出其不意。盘上弈棋，与战地布阵一样，有时兵贵神速，"或出入用奇"，以少胜多；有时要从容镇定，以义制敌，总之要善于随机应变。

19 "亦有"四句：意谓"马"在无路可走时，可以慢慢地退回来，伺机再战；时机有利时，"马"应昂昂如千里之驹，勇往直前，迅速占领敌人的地盘；有时在鸟道上，也要冒险飞过；有时则要善于隐蔽，就像蚂蚁用土封上穴口，或不再乘"车"而缓缓步行，以达到麻痹敌人，保存自己的目的。鸟道，只有鸟才可以飞过的道路，即形容险峻狭窄如蜀道般的山路。蚁封，蚁穴外隆起的小土堆，用以掩护巢穴。

20　王良：古之善御者。见《孟子·滕文公下》。

21　盐车：《战国策·楚四》："夫骥之齿至矣，服盐车而上太行，蹄申膝折……中阪迁延，负辕不能上……"极言运盐之车上山之难。造父：古之善御者。《史记·赵世家》：周穆王使造父御，西巡狩，乐之忘归。而徐偃王反，穆王日驰千里马，攻徐偃王，大破之。乃赐造父以赵城，由此为赵氏。

22　"且夫"二句：意谓白云夭矫，瞬息万变。

23　恋豆：犹恋栈，恋栈豆。比喻贪恋禄位。见《三国志·魏书·曹爽传》和《晋书·宣帝纪》等。著鞭：《晋书·刘琨传》："琨少负志气，有纵横之才。善交胜己，而颇浮夸。与范阳祖逖为友。闻逖被用，与亲故书曰：'吾枕戈待旦，志枭逆虏，常恐祖生先吾著鞭。'其意气相期如此。"以上八句意谓：善弈者，与王良、造父那样的善御者一样重要，离开了他们，纵有千军万马，也如同行进在崎岖陡峭的山坡上，寸步难行。何况时局就像白云在天，变幻无常。要紧的是不要一心恋着禄位，要挥鞭策马，努力向前。"心存"二句尤发人深思。与其说作者在铺陈"打马"，不如说她在讽喻现实中握有兵权的人。

24　五十六采：指骰子所掷之色。《打马图经·采色例》：共有五十六采，包括赏色十一采，罚色二采，杂色四十三采。九十一路：指打马图上有九十一路。

25　殿最：据《汉书·宣帝纪》等记载："殿最"原指考核政绩或军功时，上等的称"最"，下等的称"殿"。可引申为高低上下之意。

26　方寸：谓一寸见方，喻其小。见方干《路支使小池》诗。几微：细小。以上八句意谓：对于"打马"这一博戏来说，也像实战一样，决定胜负的不仅仅是兵强马壮，更要有好的指挥员，而对于弈者和指挥员来说，最要紧的是赏罚分明，只有分清高下重赏重罚，才能指挥若定，稳操胜券。

27　说梅止渴：犹望梅止渴。《世说新语·假谲》："魏武行役，失汲道，军皆渴。乃令曰：'前有大梅林，饶子，甘酸，可以解渴。'士卒闻之，口皆出水。乘此得及前源。"奔竞：语出《南史·颜延之传》："外示寡求，内怀奔竞，干禄祈迁，不知极已。"原谓为名利而奔忙。此处不能拘泥原意。

28　画饼充饥：《三国志·魏书·卢毓传》："选举莫取有名，名如画地作饼，不可啖也。"腾骧：语出张衡《西京赋》："乃奋翅而腾骧。"即飞腾之意。"画饼充饥"这一典故的本义是说徒有虚名，无补于实。清照将其与"说梅止渴"连用，均取其聊以自慰之义，所以以上六句当作如是解：弈者在小小的棋盘上，能够运用自如，其争强好胜之心亦可得到一定满足。但比起恢复大业来，打马弈棋毕竟是一种小技，它就像"说梅止渴"和"画饼充饥"一样，对于"奔竞之心"和"腾骧之志"，稍有慰藉而已。作者的真正用意是借"打马",唤起人们的报国之心和起而复国之志。

29 "将图"四句:意谓为了吃掉对方一子,明知难以达到目的,也不改变"图实效"的欲望;为了报答让"子"之恩,明明看准了机会,可以将对方一军,却率先退让了。

30 衔枚:据《汉书·高帝纪》云,古代进军袭击敌人时,常令士兵口中衔枚,以防喧哗。枚,形如箸,两端有带,可系于颈上。

31 贾(gǔ)勇:勇气有馀,可以出售。

32 不知止足:犹不知足。尤悔:过错和灾难。以上六句意谓:在向敌人进击过程中,本应衔枚不语,迂回接近对方,等叠成十马,才能顺利过关,否则将适得其反;假如自恃勇气有馀,一味争先恐后,没有觉悟到可能陷入对方设置的陷阱和壕沟,不知适可而止,咎由自取。

33 正经:本指儒家经典,如把"十三经"称为正经。这里指《论语》。此书提倡博弈。

34 "绕床"二句:《晋书·刘毅传》:"后在东府聚,樗蒲大掷,一判至数百万。馀人并黑犊以还,惟刘裕及毅在后。毅次掷得雉,大喜,褰衣绕床叫。谓同坐曰:'非不能卢,不事此耳。'裕恶之,因接五木久之,曰:'老兄试为卿答。'既而四子皆黑,其一子转跃未定。裕喝之,即成卢焉。"五木,古代博具。斫木为子,一具五枚,故称五木。用五木掷采打马,后专掷五木以决胜负。相传骰子即由五木演变而成。

35　六子尽赤：徐温怀疑刘信背叛。刘闻之大惊，并力攻城。凯旋后，徐命诸元勋为六博之戏。酒酣，刘敛骰于手曰：信欲背，骰为恶彩；苟无二心，当成浑花（全彩）……投之于盆，六子皆赤。徐为刘之诚心所动。事见《五代史·吴世家》。

36　"平生"二句：《世说新语·识鉴》："桓公将伐蜀，在事诸贤，咸以李势在蜀既久，承籍累叶，且形据上流，三峡未易可克。唯刘尹云：'伊必能克蜀。观其蒲博，不必得则不为。'"剑阁，在今四川北部、嘉陵江流域，剑门关矗立其北，以"剑门天下险"闻名。

37　"别墅"二句：《晋书·谢安传》云：谢安的棋艺本不及其侄谢玄，因为他能处之泰然，所以他与谢玄围棋赌墅，谢玄没有取胜，谢安没有输掉别墅。围棋是这样，实战时，作为最高指挥官的谢安，因其临危不惧，遂获淝水大捷。

38　元子：指伐蜀时成就剑阁之功的桓温。温，字元子。安石：指淝水之战中大破苻坚的谢安。谢安，字安石。

39　陶长沙：据《晋书·陶侃传》载：曾任长沙太守的陶侃要求部下正襟危坐，把他们的博具投之于江。清照不赞成这样做。

40　袁彦道：《世说新语·任诞》载：急人之难的袁彦道，他在博弈取胜后，高兴得脱帽而掷之。清照以为此人值得效法。

41 "佛貍"句：佛貍，是北魏太武帝拓跋焘的小名，他曾南侵攻打刘宋。清照诅咒拓跋焘，说一定能看到这个来犯者"卯年死"的下场。卯年，指拓跋焘大举攻宋的第二年（451），实际是作者借以诅咒金寇死期不远。此处以拓跋焘喻金寇甚切，当年这个小名叫佛貍的胡人任用汉族的崔浩等攻击刘宋，如同"当今"金寇利用伪齐帝刘豫合犯赵宋。佛貍最终被宦官所杀，金寇和刘豫也不会有好下场。事见《宋书·臧质传》及其所引童谣："虏马饮江水，佛貍死卯年。"

42 "贵贱"二句：既含有对全国不分贵贱都在逃难的叹息，更有对当权者的讥讽之意——就像棋盘上布满了"骅骝"和"骆骍"这样的神骏，因没有像造父那样的善御者，势必寸步难行，正如现实中像岳飞那样"精忠报国"的骁勇，不得发挥应有的作用，所以面临金、齐合犯，全国上下只有到处流窜。

43 "时危"句：此系杜甫《题壁上韦偃画马歌》之成句，杜诗也是有感于危世，缘事而发。

44 老矣谁能志千里：《世说新语·豪爽》："王处仲每酒后，辄咏'老骥伏枥，志在千里。烈士暮年，壮心不已'。以如意打唾壶，壶口尽缺。"此句意谓：我老了，已没有了王处仲和曹操那样的"壮心"和"千里"之志。王处仲，东晋大臣，王敦字。"老骥伏枥"四句，见曹操《步出夏门行·神龟虽寿》诗。

45 "但愿"句：意谓渡过淮河，返回故乡，亦即抗击金寇，收复失地。

【解读】

宋高宗绍兴四年（1134），早已被金人册封为"齐帝"的刘豫，于是年秋，又一次配合金军向南宋发动了大规模进攻。九月，金、齐合兵分道犯临安（今浙江杭州），十月，李清照由临安逃往金华避难。经过一路逆水行舟的劳顿，抵金华后，择居窗明几净的陈氏第，倍感舒适。又正值昼短夜长的冬十一月，于是想到了博弈之事，亦即"打马"，李清照也称之为"深闺雅戏"。围绕这种"博弈之事"，她写了三篇文字，除了《打马图经》及其《序》以外，还有一篇《打马赋》。

这篇《打马赋》是体现李清照爱国衷情的重要作品。"赋"作为一种文体，其特点和表现手法是：通过铺陈文采，来描绘事物，抒写情志。李清照之所以把"打马"这种游戏铺陈得淋漓尽致，目的是为了抒写她的爱国情志。她在赋中大写驾驭千军万马的各种"用兵"之策，又通过引经据典和许多寄意尚武的事例，一方面生动地说明了"博弈之事"有益无害，另一方面还把此道与德义、专诚、谨慎、镇定以及助人、克敌等等优秀品格和奇功殊勋等联系起来。这虽然是一种"纸上谈兵"，但说明作者绝不是单纯为消遣而"打马"，而是借这一"深闺雅戏"，宛转曲折地表达御敌复国之望。

此赋末尾的"辞曰"（有的版本作"乱曰"）数句，因犯忌讳之故，曾被删除。而恰恰这一段总括了全篇的要旨，其中无处不涉爱国之情。比如"辞曰"开头的"佛狸"，那是北魏太武帝拓跋焘的小名，他曾南侵攻打刘宋。李清照以拓跋焘于"卯年"（公元451年）被宦官所杀之事，愤怒地诅咒金寇死到临头。"贵贱"以下三句，既有作者蒿目时艰之心，更有讽刺当权者之意：如同棋盘上的"骓骝"等神骏，因无善御者而寸步难行，现实中纵然不乏忠荩骁勇之士，却不得发挥其应有的作用，所以时局才如此艰险。

最后的"老矣谁能志千里，但愿相将过淮水"二句，这是作者的自道——我虽然老了，已没有了像曹操和王敦那样的"壮心"和"千里"之志，但是仍然希望能够渡过淮水，回到故乡去。乍一看，此话并非豪言壮语，而细一琢磨：作者想渡过淮水，就是要回到被金寇占领的故乡，其中的潜台词与宗泽临死时"大呼过河者三"是一样的，亦如李汉章所云："国破家亡感慨多，中兴汗马久蹉跎。可怜淮水终难渡，遗恨还同说过河。"李汉章接着说：

> 予幼读《打马赋》，爱其文，知易安居士不独诗馀一道，冠绝千古，且信晦翁之言，非过许也。长游齐鲁，获睹其图，益广所未见。然予性暗于博，不解争先之术，第喜其措辞典雅，立意名隽，洵闺房之雅制，小道之巨观；寓锦心绣口游戏之中，致足乐也。

> 若夫生际乱离，去国怀土，天涯迟暮，感慨无聊，既随事以行文，亦因文以见志，又足悲矣！暇日检点完篇，手录一过，贻诸好事，庶有见作者之心焉。

李汉章的这些话，是针对李清照关于"博弈之事"的三篇文章而言的。他认为这三篇文章"因文以见志"，"有见作者之心"。诚然，她在这三篇文章中所表现的"心"、"志"，就是"生际乱离，去国怀土，天涯迟暮，感慨无聊"。换言之，就是其极度思乡爱国的心志，也是至今能够打动人心的原因所在。

无独有偶，除了李汉章，还有人认为李清照及其此类文章是"韵事奇人，两垂不朽"。意思是说这是一个不寻常的人，她所作的关于依经"打马"的文章，也是难得的妙文，她和她的文章将万古流芳、永不泯灭。